U0027864

不哭

橘子作品 03

Won't Cry.

自序

轉眼間已經過了十年、關於哥哥的驟然離世，但感覺卻仍清晰如昨，儘管已是多年前的昨天。

在哥哥離開的頭幾年裡，我還適應不了接受這個事實，只忙碌著適應新的同學、新的環境、新的生活，偶爾對方在初識階段問起家裡有幾個手足時，我會困擾一下、然後不太確定的回答；那幾年間我有些自責，自責自己只是懶得解釋說明、於是省略了哥哥存在過的事實。

直到那天，那個國小同學、她的姐姐和我的哥哥亦是國小同學的童年玩伴，突然來了電話，敘舊間她提及自己的哥哥結婚生子順便問候我的哥哥時，我淡淡的回答我的哥哥車禍過世，她一貫的以為這是我的玩笑，然後我沉默，然後氣氛有點尷尬，最後掛上電話時，多年來的逃避瓦解。

於是我才明白原來我逃避的並不是哥哥的存在，卻是已經沒有哥哥了的這個事實。

我把對於哥哥的這件事情鎖在心的最底處，不曾對任何人提及。

偶爾遇到和哥哥相同年紀的人，我會好奇的追問對方的種種，然後想像著倘若哥哥仍然活著、過著的會不會就是對方的那種生活？遇到的會不會是和對方相似的煩惱？面對的……不知道了，從哥哥離開我們的那一天起，這些假設永遠就不會存在了。

那幾年間我過得極忙碌並且快意，新鮮的朋友新的事情等著我們去享受去發現去嘗試，多到幾乎浪費不完的青春在我們手裡大把大把的揮霍，生活的重心放在對於未來的追求以及盡情的玩樂；過去的事情已經很少再去想起，因為追求未來把握當下都已經快要來不及。

直到開始寫作之後，我驚訝的發現關於哥哥的這件事情大量的重複於我的文字裡時，我才終於誠實的接受自己，始終思念著哥哥，並且平靜的接受，我曾經有過哥哥、但後來他離開了我們。

我並不在乎我的文字重疊，叨叨絮絮的重複某些寫了又寫的情境，因為那些情境對我而言就是存在於某個地方，而它們要我寫下，不管別人懂不懂我的意思，但我就是寫下。

有時候轉化它們成為文字是為了抒發，然後遺忘。

有時候則是為了思念、時間沖也沖不去的思念，例如《不哭》，我的不哭，寫過數十部的作品裡，自己最鍾愛的、不哭。

c o n t e n t s

第一部　現在

第一章　你。好嗎？

之一　瑋薇

お元気ですか？

每年的那個時候，我固定會回到那個地方獨自待上一會兒，那裡是我們國中校門前的十字路口，也是當年哥哥車禍離世的出事地點，我記得那年的夏天剛好日本電影《情書》在台灣上映，這部電影我看了不下十來次，但總是一個人看，一個人進電影院，一個人租 VCD，一個人買 VCD，一個人對著電腦看，一個人對著渡邊博子在山上的那幕掉眼淚——

お元気ですか?

我也不知道是出自於什麼樣的堅持，但確實我就是辦不到在任何人面前掉眼淚，在別人的面前我總是笑，難過的時候沮喪的時候煩惱的時候痛苦的時候不知道為什麼我當下唯一的反應就是笑；於是在朋友們眼中的我總是一副笑嘻嘻傻呼呼的模樣，我其實喜歡這樣的誤解。

像是一場祕密儀式那樣，每年的那一天，我固定會回到那個地方待上一會兒，那是哥哥生前嚥下最後一口氣的場所，我固執的以為那也是最貼近哥哥靈魂的地方。

儘管這麼多年的時間過去了，但我怎麼就是忘不了那一天是怎麼來又怎麼去的。

那是在我高中聯考前的一個月，我幾乎連吃飯睡覺的時間都沒有，那天晚上我一如往常的趕著回家，然後再趕著出門補習。

那時候我看見哥哥一個人坐在客廳的沙發上看著電視，哥哥看起來好像很寂寞的樣子，我想或許哥哥是需要有個人和他說說話，但我卻趕忙的連問他吃飽了沒有都沒時間問，我竟連問哥哥一聲吃飽了沒有都錯過，這是我最無法原諒自己的地方。

而我始終想不起來和哥哥說過的最後一句話是什麼，每當我回憶至此，總是會陷入深沉的悲傷裡，出不來。

那晚哥哥和我們既是生離也是死別。

哥哥和同學騎車出遊，在途中被一個酒醉駕車的人給撞上，就在那校門外的十字路口，而當時我在教室裡頭努力著把考卷填滿，怎麼也沒想到同一時刻的哥哥正在不遠的那個地方遇見死亡。

當時哥哥在醫院昏迷了三天，僅靠著呼吸器和外界作為微弱的連繫，而醫師觀察後宣告就算救得回來恐怕也是植物人了，於是家裡的大人們咬咬牙，決定拔掉呼吸器，而醫生則面無表情的簽下死亡證明書。

就這樣，我沒有哥哥了。

隔天早上我在升旗典禮上昏倒，當我醒來時人躺在保健室的床上，一旁的護士小姐解釋道或許是因為沒吃早餐所以血糖過低於是體力不支的昏倒。

但我知道那天我吃了早餐，我記得很清楚的。

我知道我是去了某個地方見了哥哥，但我不打算說出這件事情，因為反正那些大人們也不會相信，大人總是只相信他們選擇願意相信的。

哥哥離開之後，我還是經常坐在他的書桌前，我想翻翻他的日記，想看看他平時閱讀什麼，甚至每當經過哥哥的房間時，我還是會下意識的望向那裡，還是會有一種哥哥其實還在的錯覺，還是不太相信每當經過哥哥的房間時，我再也不會看到他低頭的背影了。

後來我們搬離了那幢房子，雖然大人不願意承認，但我知道他們是害怕觸景傷情。於是我們換了地方重新生活過，偶爾就算無意間提及有關哥哥的話題時，也總是尷尬的停住、潦草的結束，甚至就是連過去的照片都儘量避免去翻閱。

大家都知道為什麼，但是卻沒有人願意承認，沒有人願意表現出脆弱的一面，就算是在最親近的人面前也是，因為我們從小就被教導脆弱是不對的，所有人都以為勇敢才是正確，即使是偽裝出來的也沒有所謂。

我考砸了那年的聯考，我覺得沒有所謂。

我只是在想，為什麼那天晚上竟沒能好好的問哥哥：吃飽了沒有？

我從來沒有告訴任何人關於哥哥的事情，不知道為什麼我還是很難把哥哥的死亡具體化，或許是因為我以為只要不說、就可以當它永遠沒發生過吧！

當然，我也知道，那永遠只是我的以為。

我將它當成一個寶貴的祕密放在心底，屬於我的，我自己的。而且我心底明白只要提起的話，一定會未語而淚先流的，即使是過了這麼多年，我依舊不習慣讓別人看見我流眼淚，我依舊不習慣當弱者；我知道我自己或許脆弱，但那並不就代表我願意讓別人也知道。

每當我想哭的時候，我就會將浴缸放滿水，然後整個人躲在裡面；慢慢的我也忘記讓眼淚滑過臉頰是什麼感覺了，是冰涼還是灼熱？

以上。

『所以如果給妳十分鐘的時間談談關於妳這個人的話，妳首先會想起的是死去的哥哥？』

「也可以這麼說吧！」

『也可以這麼說吧？』

「因為哥哥的事情並不是對每個人都說得出口的啊！甚至這還是我第一次說出來耶！」

『為什麼願意告訴我呢？我們甚至稱不上認識啊！』

「因為妳問了我這個問題。」

我說，然後她笑。

這麼說其實對也不對，不知道為什麼，每當我望著這年輕的老闆娘在吧台內專心煮咖啡的神情時總會讓我想起左勳，雖然嚴格說起來「不，其實不用嚴格說起來也是」他們是完全不搭軋的兩個人。

『可以問妳一個可能有點失禮的問題嗎？』

「好呀！洗耳恭聽ING。」

『會不會其實之所以妳這麼思念妳哥哥，只是因為他已經死掉了？我的意思是——』

「我知道妳的意思，」

打斷她，我笑著說：

「但我知道並不只是因為那樣。」

哥哥大我兩歲，小時候的我算是一個安靜並且不惹事的小孩，但哥哥總是曉得怎麼欺負我、並且成功的把我弄哭，每次把我惹哭了之後，哥哥總是樂得哈哈大笑，一副很有成就感的模樣；因為哥哥的緣故，我成了街頭巷尾有名的愛哭鬼，甚至有張照片是哥哥笑著追著哭著的我，我忘了那是誰拍的，但我清楚的記得裡頭哥哥得意的笑容，記得，並且懷念。

再沒誰能夠那樣把我惹哭了呀！自從哥哥離開以後。

儘管如此，我還是喜歡跟在哥哥的屁股後面當個討厭的小跟屁蟲，因為小時候的我實在害怕獨處，每當我一個人被扔在家裡的時候，我總覺得妖怪一定會從某個角落跑出來然後一口把我吃光光；可能是因為在玩的時候還要照顧愛哭鬼妹妹實在是一件相當討厭的事情，所以哥哥總是趁著我還熟睡的時候就偷偷溜出去呼朋引伴的玩耍，偶爾他老大心情好的時候才會把我叫醒並且讓我跟著。

在我兒時的記憶裡一直有一幅美好的畫面，好像停格了般的、深深的印在我的腦子裡。

那是國小遠足的前一天，那是我第一次的遠足。

那時候爸媽忙著工作，所以就塞了錢要哥哥帶我去買零食，哥哥騎腳踏車載著我，我雙手緊捉著哥哥的衣角、伸直了腳在空中搖搖晃晃的，到了雜貨店的我們兄妹倆選好了一整籃的零食汽水之後，哥哥左手牽著我、右手從口袋裡掏出那張早被他握皺了的鈔票，一副胸有成竹的樣子，然後低頭對著我得意的笑。

我是極度依賴哥哥的，尤其是每當媽媽逼著我吃下紅蘿蔔時，哥哥總會趁著媽媽不注意時一口替我吃掉，只不過代價是我得付他十塊錢，相當於那時候兩包乖乖的代價。

這份對於哥哥的依賴以及親近，在他進入青春期的時候，有著明顯的轉變。

哥哥從來不是那種肯乖乖坐下來好好念書的小孩，於是他被放進了所謂的放牛班，兩年之後換成我時，則被編進資優班。

我不知道為什麼，大人從來沒有問過我們的意見。

那些所謂的大人呀，總是自以為懂得一切，他們最常掛在嘴邊的一句話不是：你這輩子不必想上大學了，就是不上大學你這輩子就沒希望了。

為什麼大人要這樣傷害小孩呢？我始終想不透，即使當我也變成了所謂的大人之後依舊是。

想不透。

沒有人被放棄了還快樂得起來吧？尤其當他們還只是十幾歲的孩子時，他們甚至連想要的人生都還不清楚，就被粗暴的告知這輩子別想得到了。

最可惜的是，他們就真的信了。

不值得。

我沒能來得及將這些話告訴哥哥，因為哥哥走得太快，而我卻明白得太晚。

『太晚哪……』年輕的老闆娘反覆的呢喃著，我看著她從白綠相間的菸盒裡抽出一根細長的薄荷香菸，很美味似的將它完全抽到底之後，她才又繼續說道：『說到這，妳看過今年夏天上檔的韓國電影《向左愛向右愛》嗎？』

「還沒欸。」

『裡面有個橋段我好喜歡，不，應該說是很多橋段我都好喜歡，但裡頭有個概念或許妳會有興趣。』

「唔？洗耳 AGAIN。」

『把時鐘往回撥一個小時，然後 NG 重來。』

「不懂。」

『男主角在一開始對喜歡的女生告白失敗之後，他拿著往回撥一個小時的時鐘說：就當剛剛的那些沒發生過、希望可以重新開始。而真的，他們三個人就重新開始一段美好的友情了！但片尾女孩死掉的時候……』

年輕的老闆娘突然哽咽，我是有點不知所措的，只好就這樣靜靜的陪著她和她的眼淚待一會兒；我不知道她是想起了什麼傷心的事情，但望著她的眼淚，此時此刻的我，想起你。

你總是說了解一個人並不代表就可以得到她，你還說女人是要被愛而不是被了解的，但你始終不明白，我就是因為太愛你了，所以才更迫切的渴望了解你的，而我到底有沒有真正了解過你呢？

我想我知道答案。

回想分手的那晚，我倔強的不肯問你原因，儘管我一直自認為太了解你，但對於你終究還是選擇離開我的原因，我卻始終不得而知；但我清楚的記得，當時你就倚在我的門口，一副不知道該是走近抑或離開的尷尬距離。

我察覺你的不對勁已經很久了。

終於在那晚，我無心無緒的玩著接龍，試著用一種不帶任何情緒的口吻問你，你的心是不是不在了？

而你沒說，你不說任何一句話，連頭也不點一下，我們就這樣尷尬的對峙在那六坪大的沉悶空氣裡，當我望著牆上的指針合而為一走到十二點時，你才終於嘆了口氣，然後遞出我的鑰匙將它交還給我。

當愛情已經不在，再多的解釋都只是多餘。這是不是你寧願嘆氣也不願開口的原因？

你走出我的世界之後，我並沒有向朋友哭訴我的難過，相反的，我總是在他們面前表現出不以為意的樣子，我甚至不曾具體的和他們討論過這件事情，關於我們是不是分手了的這件事情。

總是把自己放在最安全的位置上，這是我長久以來的習慣，狡猾，但是夠安全。

再說我從來就不是一個習慣用眼淚解決問題的女生。

『好糗！居然就哭了出來！太感傷了吧！』

「沒關係嘛！偶爾洗洗眼睛也不錯呀！」

『對了！雖然真的很不想說，但是……』

「什麼事嗎？」

『其實今天是我在這裡的最後一天了。』

「啊？我以為妳是老闆娘耶！」

『算是吧！不過想頂讓給別人了！』

「好可惜哦！生意很好呀不是嗎？」

『是呀但是……好累了！一個人獨撐五個人的工作耶！』

「嗯？」

『這麼說好了！一開始這咖啡館是我們五個好朋友的構想，但真正開始做的時候只剩下三個人了，而等到開張卻只有我自己一個獨撐大局，只有我一個人耶。』

「哦哦……總覺得好捨不得哦！不知道為什麼我好喜歡這裡耶！幾乎可以說是第一眼就被它給吸引了的那種程度哦！」

年輕的老闆娘很開心的笑著，我想如果早一點把這讚美告訴她的話、那麼她會不會就改變主意了？

我想我知道答案。

她不會。

『知道嗎？妳總是坐著的這個位子呀……』

「怎麼了嗎？」

『這張桌子是當初出錢的那位財主指定的專用位子哦！說是除了她之外就不准任何人碰的。』

「那——」

突然的我慌了起來，站也不是坐也不是的，然而年輕老闆娘看到我這模樣卻開開心心的笑了起來，在笑裡、她說：

『沒關係啦！就是因為總覺得妳們長得很像才一直沒告訴妳而讓妳坐著的。』

「我們長得很像？」

『嗯，真的很像。』

「唔……」

『真的很奇怪，一般人走進咖啡館裡會挑的位子通常是靠窗的或是最角落的還有最接近門口的位置，這是我做餐飲業這麼久以來觀察，但為什麼呢？這個位子三者都不是哦！但為什麼妳卻第一眼就挑了它坐下呢？很少客人這樣呀從開店以來！妳難道不覺得太靠近廚房了很討厭嗎?』

「直覺吧。」

我有點不確定的說。

年輕的老闆娘笑了笑，接著她說:

『那、珍重再見囉!』

「說得好像在畢業典禮上一樣。」

『確實是畢業啦!呵~~』

起身我準備買單，但年輕的老闆娘卻按住我的手，搖搖頭她說:

『趁著還沒下雨前趕緊回家吧!天空好像已經在打雷了呢!』

「嗯嗯，珍重再見囉。」

『好詭異的天氣，像是有什麼事要發生了的感覺……』

在推開玻璃大門時，我聽見她最後這麼呢喃著。

第一章　你。好嗎？

之二　左勳

妳看過幸福嗎？

在我工作的這咖啡館裡，每到半夜的時候總會有個女孩出現，她總是一個人來，固定坐在靠窗最角落的位子，固定喝一杯熱的卡布奇諾（要巧克力粉不要肉桂粉），讀兩份報紙（自由和中國時報），寫三十分鐘左右的文字（不知道在寫些什麼），抽四根香菸（白綠相間的那種薄荷涼菸），花三分鐘左右的時間專心盯著右手腕的 SWATCH 大錶，上兩次廁所，而至於擺在桌上的手機則一次也沒有響起過。

她以一種固定的行為模式出現在這咖啡館裡，我不知道她是被誰固定了，但我知道那個人不是我也不是她自己。

有時候我會覺得我好像認識這女孩好久了，但實際上我們連認識都稱不上，我想那大概是因為每次望著她望向窗外的身影總會讓我想起瑋薇，雖然她們兩個人嚴格說起來「其實不用嚴格說起來也是」完全性的沒有相似之處。

我從來沒有把關於女孩的這件事情告訴過瑋薇，我也說不上來為什麼這樣，我猜這或許是因為我沒上過她的關係；我習慣把每個短暫交往過的女孩鉅細靡遺的報告給瑋薇聽，然後瑋薇總會輕聲嘆息的說我這個人唯一的專長大概就是泡妞吧！

每當那個時候，我常會感覺到一股安心的美好。

在我看來這女孩像是夜裡失眠於是索性出門泡咖啡館的那種人，但我希望這只是我單方面的猜測，畢竟每天失眠的話對身體好像不太好的樣子；我發現我好像有點喜歡這女孩，這樣一個能夠輕易的引人好奇卻又明顯不容許被一探究竟的陌生女孩，但我想更正確的說法應該是：我喜歡這夜裡的咖啡館有她存在的畫面。

雖然長久以來我們之間的對話依舊僅止於「熱的卡布奇諾。」和「買單，謝謝。」如此而已。

但有一天例外。

這天黃昏時我被天空裡巨大的雷聲給驚醒，起身我望向窗外看見彷彿可以把人給劈成肉醬的巨大閃電，下床我發現旁邊的枕頭上壓著一張昨天一起過夜的女孩所留下的紙條，紙條上面寫著她的手機號碼和「給我電話」這幾個簡單的大字；當我把紙條揉皺了扔進垃圾桶裡時，窗外已經下起了囂張的傾盆大雨，沒完沒了的那種下法，讓人不禁聯想到是不是雨停了之後接著就是世界末日了的那種囂張大雨。

一想到這點我就覺得人生真媽的充滿了無限希望。

然而實際情形是，當雨停了之後世界末日並沒有來，反而是女孩一貫的出現，而時間是凌晨三點鐘、比平常她習慣出現的時間遲了很久；她今天看起來心情很好的樣子，反常的捨棄了老位子而坐在吧台前，我瞥了一眼她的右手腕，那支SWATCH大錶今天並沒有被戴出來，看來今天的兩大報紙是要孤單了。

我於是決定主動開口和她說話：

「還是熱的卡布奇諾嗎？」

『有酒嗎？』

「這裡是咖啡館哦！」

『我知道，但我看過你在櫃檯裡自己喝過酒。』

笑了笑，我問：

「長島冰茶？」

她笑著點頭。

如果我們再熟一點的話，我肯定會建議她多笑點的，因為她笑起來的樣子實在很迷人，是那種彷彿她一笑、這座夜裡的咖啡館也會因此而明亮了起來的那種笑容。

我調了兩杯長島冰茶，一杯給她一杯給我自己，大概是喝到第三口左右的時候，我們像是早就應該做的那樣，開始聊了起來：

「真可惜，我以為今晚就可以親眼目睹世界末日了。」

『你喜歡世界末日？』

「嗯，簡直可以說是畢生的心願呢！」

我試圖想以裝可愛來激發她的母愛，但顯然她是那種完全缺乏母愛的人，因為接著她說：

『你真怪。』

「我知道。」

『所以，世界末日先生——』

打斷她，我把握機會自我介紹：

「我叫左勳，左勳的左，左勳的勳。」

『嗯？』

「左勳是我的名字，世界末日是我的夢想，兩者不可以混為一談的。」

『你喜歡你的名字哦？』

「嚴格說起來並不算喜歡，不過我很喜歡它被喊著時的感覺。」

『為什麼？』

「總覺得會有什麼好事發生哪！當別人喊我名字時，妳呢？」

『我不覺得。』

「咳！我是指請問芳名哪！這位少女。」

『陌生人。』

忍不住我笑了起來，被一個怪人稱之為怪，這樣不知道算不算是讚美？

「妳剛剛想問我什麼？陌生人小姐？」

『我想請你幫我個忙，世界末日先生。』

「如果是想請我泡妳的話，那答案肯定是沒問題的，美麗的陌生人小姐。」

『謝謝你的恭維，如果這是恭維的話。』

燃起了今天的第一根香菸，陌生人才繼續又說：

『如果給你十分鐘的時間請你談談關於你這個人的話，你直覺第一個想說的會是什麼？』

「為什麼這麼問？」

『我在搜集這個問題的答案。』

「是搜集還是尋找？」

『是搜集也是尋找。』

把剩下三公分左右的長島冰茶一口氣喝乾，幾乎是連想也不用想的，在點燃香菸的同時，我回答：

「壁爐。」

『壁爐？』

「我是個韓國人。」

我是個韓國人，我的名字叫作左勳，出生的地方是韓國一處冬天積雪會高達兩層樓高的小村莊，從小成長的房子是一棟仿歐式建築的古老木屋，古老木屋的客廳裡有座傳統的壁爐，壁爐是整棟房子裡我最喜歡的角落，小時候媽媽常抱著我在壁爐前說故事給我聽，那是我兒時記憶的縮影，為此我替壁爐取了個名字叫作幸福。

只是，我已經離開幸福好久了。

因為我來到了就算再寒冷也不需要壁爐的台灣。

我常把我的人生當成故事說給每個短暫交往過的女孩子們聽，而故事總會是從很久很久以前作為開頭，因為每個媽媽在壁爐前說給我聽的故事都是這麼開始的。

很久很久以前。

很久很久以前，我的韓國人外公因為某些歷史上的因素而邂逅了我的台灣人外婆，經過了誠懇的追求以及一定程度上的甜言蜜語，年輕的外公成功的把美麗的外婆娶回韓國，接著強壯的精子游進了健康的子宮裡，於是我的媽媽誕生在這個世界上。

『她為這個世界增加了美麗的畫面。』

外婆總是這麼說媽媽，以一種驕傲的眼神。

我覺得外婆說得很對。

忘記是在我幾歲那年的冬夜，睡前外婆笑嘻嘻的對大家說：明天會開始下雪囉！然後隔天醒來時，我們卻發現外婆已經離開人世了，在睡夢中。

第一個發現外婆死掉的人是媽媽，但第一個告訴我們這件事情的人卻是爸爸。

該替媽高興的，她走得很安詳。爸爸說。

只是睡著了而已吧！媽就是這麼貪睡。媽媽說。

外婆的遺體拖了很久才火化，因為媽媽一直堅持外婆只是睡著了而已，爸爸很擔心這樣的媽媽，但他不知道該拿媽媽怎麼辦。

當一個人過分深愛著對方時，往往就會拿她沒辦法，這是我從爸爸身上看清的最大事實。

那陣子媽媽幾乎足不出戶，每天她什麼事也不做的就是睡呀睡的，醒來第一件事就是到外婆的房間去看看她，然後再繼續睡。

我覺得很寂寞，因為從那時候開始，媽媽就不再開車載著我到處去尋找一家又一家的咖啡館了！那是媽媽最熱衷於做的事情：像是收集什麼似的、去品嚐一家又一家的咖啡館，帶著她引以為傲的兒子、我。

我已經想不起來最後媽媽是怎麼被說服接受這個事實的，但我清楚的記得外婆出殯的那天確實是下了雪，是那年最後的一場雪；在媽媽的堅持下，我們將外婆的遺體火化送回台灣安葬，誰也搞不懂為什麼媽媽堅持把外婆的遺體送回我們都陌生的台灣安葬、而非和早逝的外公合葬，但誰也拿媽媽沒辦法，因為我們都太愛她了。

那時候因為爸爸工作忙、抽不出時間的緣故，於是由我代替他陪媽媽回台灣送外婆這最後一程，當時我有種好奇怪的感覺，因為媽媽快樂得像是小學生出門遠足而非送終。

在飛機上時，媽媽甚至心情好得又說了個故事給我聽：

很久很久以前，有個小女孩，她很怕冷，她其實討厭雪，可是沒有辦法、她遇見一個好愛好愛的男人，於是她跟著男人來到了一個在冬天積雪會高達兩層樓的地方生活，她覺得有點辛苦，可是她很快樂，因為她找到了幸福。

「然後呢？」

然後有一天，她睡了很長很長的覺，醒來後她發現自己回到了她本來就該屬於的地方，那是一個就算再寒冷也不會下雪的小島，她覺得很快樂，雖然幸福已經離開她好遠好遠了。

媽媽的故事說到這裡驟然停住，順著她的視線、傾身我望向窗外，小小的台灣島同時映入我們的眼簾。

把外婆的後事妥當處理結束之後，媽媽說她還想多留在台灣幾天散散心，於是我一個人先行回到韓國，就是在那趟回家的旅途中，我在兩萬五千英尺的高空裡成功的泡到一名台灣的空姐，而當媽媽搭機回韓國的時候，我已經決定到台灣留學、為的是那名漂亮的空姐，儘管後來她還是離開了我，但是不知道為什麼，我並沒有想要回韓國的打算。

但後來我才知道，其實媽媽並沒有搭上那班她預計回韓國的飛機，相反的，她在台灣展開她的新生活，從此沒再回到韓國一步。

原因究竟是什麼？沒有人知道。

句
點
。

『很好聽的故事，不過你已經用掉了好幾個十分鐘了。』

「這不只是故事而是我真實的人生，我還可以用掉妳更多的十分鐘嗎？」

陌生人沒有回答，陌生人繼續又問：

『所以這就是你開這家咖啡館的原因？希望有天你的媽媽會來到這裡？』

「一開始是，不過後來我就知道不可能了。」

『怎麼說？』

「後來我才知道她去了美國，根本已經不在台灣了。」

『那為什麼還繼續留在台灣?』

「因為我被固定住了。」

『嗯?』

「白話一點的說法是,我遇見了我的女孩。」

『真浪漫。』

「不過她並不知道我一直很喜歡她。」

『你看起來不像是只暗戀的那種人。』

「永遠不要只相信妳所看到的那一面。」

『說的也是。』

沉默。

「所以呢?妳找到妳要的答案了嗎?」

『算是吧。』

「算是吧?」

『我問過很多人這個問題,很多出現過在我生命中的人,不過唯獨一個人例外。』

「為什麼?」

『因為我知道我們的答案一樣。』

「這麼有把握？」

『因為我們愛上同一個人，而他們兩個人都是我最好的朋友。』

「所以妳就放棄？妳看起來不像是膽小的那種人。」

『不是膽小是明白。』陌生人嘆了口氣，說：『我明白她永遠不會愛我。』

「那麼妳愛的那個人呢？他的答案是什麼？」

『她始終沒有給過我答案。』

「所以妳一直找尋這個問題的答案？」

沉默。

有點感傷的沉默。

『其實她已經死掉了。』

陌生人沒頭沒腦的又說，嘴巴像是自動被打開了那樣，話它自己就跑了出來。

「啊？」

『這樣的玩笑很過分吧！拿死亡開玩笑，不過不知道為什麼，那個時候我就是很想開他這麼一個玩笑，當時我騙他說她已經死掉了，我甚至假想了她死亡的場景，我好像甚至還哭了一會，不曉得他是太單純了還是太相信我了！沒想到他真就信了。』

我沒打算答腔，因為我想陌生人此時此刻唯一需要的或許只是傾聽，我於是沉默的傾聽。

『他老是笑我們愛演戲，但我沒想到那會是我在他面前演的最後一場戲，一場獨角戲，真的是我太入戲了嗎？我不知道，我真的不知道，而且好奇怪，我最近常有種奇怪的錯覺，我甚至覺得這不是我在演戲，而是她真的死掉了。』

「……」

『好奇怪呀！怎麼突然的說起這些來呢？是因為今天恰巧被別人看見了眼淚吧。』

「也可能只是因為下雨啦。」

陌生人笑了笑，陌生人接著沉默。

『天快亮了呢！』

像是要改變話題轉移氣氛那般的，陌生人試著微笑的說。

「還可以再見到妳嗎？陌生人小姐？」

『當然呀！世界末日先生，你會一直在這裡呀不是嗎？』

「對了！最後可以問妳一個問題嗎？雖然有點失禮……」

『可以呀！雖然我不一定會回答。』

笑了笑，我問：

「手機……妳總是把手機擺在桌上，但我沒看它響起過。」

『因為知道這號碼的兩個人都已經離開我了。』

「那為什麼還要隨身帶著呢？」

『因為已經習慣了呀！雖然也知道它不會再響起了，但就是習慣了有它在身邊呀。』

不知道為什麼，望著這樣的陌生人，我突然覺得心有點疼；隨身帶著一支明知不會再響起的手機，那究竟是懷念還是寂寞過了頭？

『不過，你難道不認為一個人非得靠著手機響起的次數才能證明他的存在感，未免也太可悲了嗎？』

這是那天夜裡陌生人說的最後一句話。

很奇怪的感覺，望著她離去時的背影，我有一種好像會很久見不到她的預感，我不知道為什麼我這樣清楚的感覺到，但我知道有天她還會再回到這咖啡館來，帶著她真正的名字，回答我所有未完的答案。

只是我沒想到那天竟會是那麼久以後。

而我只是在想，到底是誰把誰固定住了？

第二章　我。很好？

之一　瑋薇

私は元気です……か？

果真當我走出咖啡館經過了一個轉角之後，天空開始轟隆轟隆的下起傾盆大雨。轟隆轟隆？是的轟隆轟隆，此時的景象簡直像是恐怖電影裡慣常出現的場景那般，閃電交加、雷聲大作，以及傾盆「真的是傾盆我強調」的轟隆大雨；如果這時候眼前突然出現一個拿著鐮刀的蒙面殺人魔，我想我也不會覺得意外。

當我全身溼透「溼到骨子裡的那種溼透」回到公寓之後，很奇怪的是我並沒有被淋雨過後的寒意，我反而是一股沒來由的躁熱感。

開門，關門，反鎖，上門鍊。

把身上的衣服脫光了直接丟進洗衣機裡馬上洗濯，接著我赤裸的走進浴室把身上討厭的雨水味道以及討厭的躁熱感還有討厭的疲憊沖乾淨之後，整個人像是虛脫了那樣、也不管頭髮還溼著就這樣直接攤平在床上；拿起方才一進門被我隨手擱在床頭的手錶想了解一下現在是什麼時候了，結果卻發現手錶上的時針竟安安穩穩的停格在十二點整的位置上。

沒電池了？被雨淋壞了？給雷霹掛了？見鬼了？

管他的！此時此刻我的眼皮沉重得像是讓人給催眠了那般，甚至是連把手錶給擱回床頭的力氣也喪失的、就這樣握著它沉沉睡去。

我做了個奇怪的夢。

我夢見我們回到從前，你將這手錶送給我的那天，你一邊替我將錶戴上，一邊有點靦腆的說：

『這樣一來我就把全部的時間都給妳了——』

不對不對！你明明不是這麼說的！明明你說的是這手錶是你畢業旅行時在一個名叫阿不達比的機場轉機時匆匆買下的！你明明是這麼說的！

『手機。』

「嗯？」

『妳的手機響了。』你說。

倒抽了一口氣驚醒過來，原來是現實和夢境交疊成一片了。

下意識的先看來電顯示——

886494109236７？·？

真是奇怪，哪來的這種怪號碼？

「喂？」

對方沒有回應，於是我就掛了電話，接著我瞄了一眼時間：半夜十二點整！

怎麼回事？

我還沒想出來這怎麼回事時，手機再度響起，相同的號碼相同的悶不吭聲，於是我同樣立刻掛上它，沒想到接著卻又響起，於是我索性接了卻放著不理它，讓電話那頭的變態浪費錢去；但是一想到竟要和那變態電話相處一整個晚上，我的心底不自覺就害怕了起來——

「左動！」

幾乎是同一時間，我把手機掛掉然後撥給左動，對著手機我慌慌張張的把神祕電話、詭異天氣，甚至是怎麼可能我頭髮還沒乾就直接睡著了而且還睡了很久的這些事情一股腦的丟給左動，結果王八蛋左動卻不當一回事的，笑嘻嘻的斷言八成只是我大驚小怪想太多兼過分神經質，他還說活在這個每個人都只憑藉著手機聯絡的現代社會裡，誰沒遇過五六七八次這樣的情形？甚至王八左動就開始哼起了王菲的那首歌：打錯了。

「你唱得很難聽耶。」

『都說你打錯了，我不是你那個什麼～～』

這王八還繼續自我陶醉著，想必是這次泡上的妞大大合乎他的胃口，他老大心情才會好成這樣；不管他，繼續我又說：

「那詭異天氣怎麼說？長這麼大這還是我第一次遇到這麼恐怖的雷電耶！」

『哦！那大概是火星的關係。』

「火星？」

『妳沒看新聞哦?這幾天是火星最接近地球的時候，兩百多年才這麼一次。』

「沒有，我從來不看新聞的。」

『該不會也沒有人約妳去看火星吧?嘖嘖嘖妳行情還真夠差的!那這樣好了明天我休假帶妳去看吧!』

對牛彈琴到這種地步我已經差不多想把電話給摔了，但結果左勳卻興致很好似的，清了清喉嚨，正正經經的問道：

『說到這，妳還沒回家哦?』

「我已經在家啦!你剛是都沒有在聽我說話哦?」

『吼!我的意思是妳還沒回火星哦?妳的族人來接妳啦!哈~~』

「你很冷耶!」

沒好氣的我把電話給掛了，真的是純粹消耗基本月租費的一通電話。

重新躺回床上時這才想起今天一整天除了在那咖啡館吃的鬆餅和卡布奇諾之外就沒再吃過別的什麼了，但奇怪的是我卻完全不感覺到飢餓。

盯著天花板我重新回想這一切的發生經過。

思緒隨著方才的夢境回到你將手錶送給我的那天，你說這手錶是你在畢業旅行時特地買下要送人的，你還說幾乎是第一眼看到它就強烈的被它吸引住，當時你冒著或許會趕不上飛機的風險執意將它買下，因為當你第一眼看到它的時候就知道你會將它送給一個女孩，一個你深愛著的女孩——

那不是我！

一股遲來的難堪教我呼吸幾乎困難，我竟遲到現在才恍然驚覺、當時你衝動買下這手錶的時候我們甚至還沒相遇呀！而當下的我竟完完全全的沒有意識到這點。

我真的是愛你愛昏頭了，所以才會自以為是的對號入座，是不是？

你總是只把話說了一半，你甚至不否認或許你也只用了一半的自己在活著，那是不是也意味著你只用了一半的愛來待我？是不是？

不行不行，不行再這樣想你了！畢竟你已經離開我好久了！

好久了呀！真的好久好久了。

那是一種情感上的分裂，有一半的我強烈的無法原諒你的離去，可另一半的我，卻又無時無刻，盼你回來。

睡前我最後想起這段話，我努力的再睡去，努力的想再夢見你，畢竟這是分手了這麼久以後、我第一次夢見你呀。

這天當我又接到那通電話的時候才發現原來又深夜十二點了，這次我索性就直接把手機給關機，因為反正這個月的基本月租費在昨晚就已經被左勳那混帳給消耗掉了。

但究竟是誰這樣無聊？

越想我越不甘心，於是念頭一轉，決定上MSN問問在英國留學的同學倩，想了解一下這會不會是來自於國外的號碼，但我還來沒來得及分析完這其中的可疑之處時，倩就劈頭罵我沒腦：

『妳不知道886是台灣的國碼嗎？』

接著倩馬上把話題轉到她的異國生活，她拉拉雜雜的抱怨英國天氣差、食物太難吃、消費太高而且還徵電視稅，還有她遙遙無期的博士學位以及不知道該不該分手的希臘男友……這些她每次必定會重複抱怨過一次的生活瑣事。

最扯的是，末了她還問我最近你好不好？

「我們分手快三年了。」

當我緩慢地將這幾個字敲上螢幕的時候，突然覺得好感傷；我們這對昔日的好友距離太遙遠，遙遠的不只是分隔的兩地，甚至是連對於彼此的認知也還停留在兩個不同的時空。

「我又接到那通電話了。」

隔天，我依然乖乖的向左勳報告這件事。

『會不會是哪個暗戀妳不成的傢伙？』

「不是吧，而且這號碼也未免太詭異了，不知道是從什麼地方發出來的號碼傳到了我的手機，這種感覺真的很差耶。」

『說的也是，偏偏又挑在半夜十二點……』

「會不會是從地獄打來的？」

我誠惶誠恐的問。

其實我一直很相信那方面的傳說，對於靈界其實存在的、種種科學證實不來的傳說，向來總是教我無須證實就固執的相信著；我是幾近固執的相信著人死後其實靈魂仍然存在著，甚至與我們生存在同一個空間的說法。

『少蠢了妳，說得我心底都毛了。』左勳不客氣的拍了一下我的腦袋，這是每次他認為我極蠢無比的時候就會有的習慣動作，『有沒有看過國片《徵婚啟事》？』

我搖頭，沒有想要說話的意思。

『大概是演女主角在外遇情人不告而別之後，她開始在報紙上刊登徵婚啟事，她每天在從前他們常去的咖啡廳面試不同的男人，但其實她只是希望會不會有天她的情人又來到這個地方？她想藉著報紙上的徵婚啟事讓情人知道她一直在等他、找他。』

「然後呢？」

『然後不重要，重點是她每天打情人的電話在答錄機裡報告她的生活近況，最後她才知道原來那情人在最後那次找她的途中意外死掉了，而每天聽電話答錄機的人其實是對方的太太。』

「意思是？」

『意思是如果妳想不出身邊有什麼可疑的人的話，那我想八成是對方搞錯對象了。』

「但重點是這號碼未免也太詭異了吧。」

『要不妳回撥過去試試？』

「我不敢。」

『膽小鬼。』

「……」

所以我決定聽左動的話，當這通沉默的電話再度找上我的時候，我對著手機冷冷的說：你搞錯對象了，我不是你要找的人。

然後我關上了手機，但心底卻壓根輕鬆不起來。

因為我想到了你。

我最近為什麼老想起你？

當左動第一次看見你的時候，他就曾經和我打賭，他說遲早有一天你會離開我，那時候我差點想和他打這個賭的，因為我一直以為我們可以天長地久，我一直以為我們是天造地設的一對。

但我還是沒賭，因為我天生沒有偏財運，況且我生來就逢賭必輸。

只是沒想到就算不賭你還是離開了我，沒有任何的解釋或者交代，從此沒再出現過我面前，也沒有過所謂的分手電話，簡直就像斷了線的風箏一樣，消失得乾乾淨淨，乾淨得好像你不曾存在過，好像我們不曾相愛過一樣。

我們的愛情變成一串號碼，我們的號碼從此失去聯絡。

自從你走出我的生命之後，我的身體就好像破了一個洞一樣，經常會有一股奇異的寂寞感跑出來，就算是在人多的場合亦然；我想那大概是因為我的心多了一處空白，那片空白是再多的親情友情也填滿不了的，就算是你把愛情還給我也是於事無補了。

因為我的心再也沒有地方可以放了。

而我到底還能不能再遇到一個像你那樣對的人呢？我甚至沒有把握。

奇怪？我今天怎麼這麼鑽牛角尖？

其實我認為我已經不愛你了，我懷疑我可能只是太寂寞而已。

我只是被這通沉默的電話給惹出了寂寞而已。

不知道等到世界末日的那天，這沉默電話還會不會記得我呢？

第二章　我。很好？

之二　左勳

我相信幸福的可能

當瑋薇那個小笨蛋帶著沉重的黑眼圈來咖啡館時，我就知道情況不妙了。

「妳還活著嗎？氣色怎麼差成這樣？」

『失眠囉。』

「因為那通電話？」

瑋薇不承認也不否認，面對這樣的瑋薇，忍不住我嘆了口氣。

『一大早嘆氣對身體不好哦。』

顯然瑋薇是試著想要幽默來化解這誰都清楚感覺到逐漸沉重的空氣，但此時此刻的我實在完全笑不出來，直接了當的我問：

「妳為什麼不乾脆換電話號碼？」

『因為這樣就屈服換號碼的話，那我豈不是一點尊嚴也沒有嗎？』

忍不住我又嘆了氣，比較長的一口嘆氣。

為什麼？因為我懂瑋薇，懂她為什麼固執地讓那電話持續打來的理由。

「妳其實是在想他哪天會再打電話來吧？」

『誰呀？』

「妳知道我指的是誰。」

這次換瑋薇嘆氣了：

『不是吧，都過那麼久了，要打的話早就打了。』

「妳還想他嗎？」

『並沒有。』

「那幹嘛不認真找個男朋友？」

『這種事又不是認真就辦得到好咩。』

「說的也是，像我也不頂認真的，倒也從來不缺女朋友，沒辦法，我太有魅力了吧！哈！」

『你那些只能算是性伴侶還稱不上女朋友吧！』

「那也沒什麼不好呀！看到漂亮的女人就想追的道理就像是看到新開的餐廳就會想試試看一樣，我只是忠於本性而已。」

『但老了怎麼辦？老了總是需要有人照顧有人陪伴吧？不要說女人會想再和變成老頭的你上床，我看就是連小狗都不會想要陪你終老吧。』

「我沒想過那麼遠的事情。」

我說。

但其實我說謊。

我真的也怕一個人孤單的終老，或許還會像瑋薇說的那樣，到時候就是連我自己養的狗都不會想要理我。

那麼，為什麼不願意找個值得陪伴的女人安定下來？

原因其實很簡單，我不想要像爸爸那樣，原以為找到了一個想要和她共度此生的女人，也確實結了婚生了子，成了家也立了業；在經濟方面並沒有任何的問題，夫妻相處上雖然難免會有爭執，但嚴格說起來是還不至於到無法挽回的那種地步；身邊所有的親戚朋友都認為這是再幸福不過的家庭，雖然沒問過對方的意見，但對於能夠維持不變的廝守到老的這件事情倒也挺有把握的。

本來以為事情會就這樣順利的進展下去，但誰曉得有一天，她出了遠門，莫名其妙的打了電話回來說想多停留幾天，接著乾脆就說不想要再回家了，只寄了一封上面簡短寫著「我要去美國，不要來找我」的航空信件，然後就消失得一乾二淨了！

簡直就像是直接從人間蒸發了那樣，一點預兆也沒有的，突然的，就走了。

真的是突然的。

所以我才會更期待世界末日的到來，這樣我就不需要去面對所謂孤單晚年的這件事情了；我寧願我迎接的是世界末日的盛況而不是我的晚年，我每年的生日願望都是希望在有生之年能趕快等到世界末日的到來。

『你真是我遇過最莎曼珊的人了！』

瑋薇總是這麼說我。

她常說我簡直是 HBO 影集『慾望城市』裡莎曼珊的現實男人版，以前我通常會將這視為瑋薇對我拐彎抹角的讚美，但不知道為什麼，我今天卻覺得特別不是滋味。

不，其實我想我知道為什麼，我清楚的記得有一集是床上高手莎曼珊遇見了真愛於是變成愛情低能兒，那集在別人看來可能是樂得哈哈大笑，但在左某人我看來簡直像是恐怖片兼災難片。

而現在，我懷疑我的災難就要到來。

「今天來我家吃火鍋吧！」

『左爸又寄了道地的韓國泡菜來孝敬兒子啦？』

「沒錯。」

災難哪災難！

瑋薇開開心心的笑著，凝望笑著的瑋薇，我的腦海裡突然浮現幸福這兩個大字。

於是等到下班之後，我們就先到超市買食物，我們兩個人推著車在這偌大的空間裡優優哉哉的閒逛著，看著瑋薇專心挑選牛肉片的時候，我試探性的問道：

「妳相信男女之間真有純友誼嗎？」

『真不像是會從大情聖左動嘴巴裡出現的問題欸，幹嘛問？』

「瑤瑤前幾天問我的。」

『瑤瑤是誰？』

我也忘了瑤瑤是誰。

『是哦，那你怎麼回答？』

「我說男女之間其實是一種持續性錯過的單戀，真正的純友誼是不可能存在於男女之間的。」

『果真是左動式的回答。』

「怎麼說？」

『模稜兩可，不負責任的漂亮話呀。』

「其實是從日劇抄來的。」

『哦。』

然後瑋薇仔細的檢查啤酒上面的賞味期限，沒想再繼續討論這個問題的意思。末了，當我們排隊等著結帳的時候，我繼續再裝作又漫不經心的說道：

「妳看我們這樣像不像是老夫老妻了？」

但結果瑋薇很不理解似的望著我，彷彿此刻站在她身邊的不是我而是一個火星人那樣。

也罷。

把我店裡的員工都找了來、留下我一直就看不順眼卻還想不到藉口叫他滾蛋的那個倒楣蛋獨自留守之後，我們開始進行這每個月一次的火鍋之夜兼員工聚會。

雖然說主題是火鍋但其實主角是啤酒，當大家相繼到齊之後，我們開始沒命似的喝著啤酒，在一陣酒酣耳熱兼被左爸的手工泡菜給辣得七竅差點生煙（他們，我個人是覺得不過小兒科罷了）之後，其中一個新來的小弟弟工讀生提議氣氛這麼好最適合來個真心話大冒險了！

『吭？』

我懷疑他是不是收到我的暗示了，否則怎麼會替我設了這麼好走的路呢？

在頭殼壞去竟想幫他加薪之後，我首先回應、說了個自認為很帥的開場白：

「我其實是來自於火星，這幾天是我的族人來地球看我了。」

這是他們每個人的反應，而至於瑋薇則是：

『你真的很冷耶左勳！這樣別人捉不到你的笑點啦！』

然後每個人都樂得哈哈大笑，怎麼瑋薇這句話的笑點就很明顯嗎？

「其實我喜歡瑋薇很久了。」

有點緊張的、我說，而這下子每個人笑得更樂了！甚至還有人唱起早已經作古的老歌：你從不知道我想要的不只是朋友~~

什麼情形現在？白白糟蹋我左某人生平第一次的真愛告白。

也罷，我只好把話題轉到我最拿手的世界末日去。

舉凡外星人入侵、冰山融化、彗星撞地球、核戰爆發、飢荒旱災……這些的全被假設過了，但就是不夠盡興的、非要他們再想出新的創意來不可。

當他們想到頭皮發麻並且也醉得差不多的時候，我瞄了一眼牆上的時鐘，另開話題的問著大家：

「你們想今天那通電話會不會又打來？」

於是包括我在內的我們大家開始興高采烈的下起賭注來，人類就是這樣什麼都能賭，竟空虛到連感情都拿來賭。

十二點整，瑋薇的手機準時響起，我們大家一陣歡呼或者慘叫的收錢付錢，當瑋薇搖搖晃晃的起身想接電話時，我一把搶過電話、醉醺醺的嚷嚷：

「你敢再騷擾我的女人試看看！」

掛了電話之後我咧嘴對著瑋薇傻笑，我們所有人都跟著放聲大笑，笑得眼角幾乎都流出滋潤的眼淚了，到了最後彷彿是發洩似的，為了笑而笑。

有的時候，很多的時間，必要的時候，麻醉的確是比清醒來得更令人好受些吧。

那是一種情感上的分裂，一部份的我膽怯的希望兩個人能夠一直這樣下去，永遠不要變；可另一部份的我卻又貪圖著總有一天，她能夠明白我對她的感情。

睡前我最後想起這一段話，我好像最後望了瑋薇一眼，我期待她能入我夢裡來，如此一來我便能正正經經的告訴她：真的真的，我喜歡她好久了。

隔天我我宿醉未醒的張開眼睛，看見其他人還狼狽的攤在屋子裡的每個角落，而瑋薇則是縮著身體落在床角，當我試著起身時不小心將她給踢醒，於是瑋薇迷迷糊糊的跟著起床。

「醒啦？」

『嗯。』

「我陪妳回家吧！」

「好呀。」

和瑋薇並肩走在清晨的街道上時，不知道為什麼我突然的竟緊張了起來，我想那大概是因為又感覺到災難的關係，不，或許還有幸福的可能。

清了清喉嚨，我試著顧左右而言它的說：

「呀呀～～夏天已經過去了呢！」

『是呀！秋天已經來囉。』

算了！還是單刀直入才像是我左某人的做法：

「那、妳昨天有聽清楚我的話嗎？」

『世界末日？』

「拜託，我說的是我對著妳手機吼的那句話啦。」

沒想到瑋薇那笨蛋聽了之後的反應竟是手忙腳亂的翻著背包找她手機。

為什麼讓我動了真心的對象偏偏卻是這個小笨蛋呢？

嘆了口氣，我又說：

「我說，妳是我的女人，妳對這句話有什麼看法沒有？」

『你在開玩笑對不對？』

「不對。」

『那我知道了，你還在醉對不對？』

我只得正經了臉色，定定的望著瑋薇，問：

「要怎麼說妳才相信我是認真的？」

面對我突然的認真，瑋薇顯得很是不知所措，像是在打馬虎眼，說：

『哎！這事來得太突然了。』

「怎麼會突然？我都喜歡妳這麼久了。」

『……』

「還是妳忘不了他？」

這下子換成瑋薇嘆氣了，因為那或許是因為瑋薇自己也不曉得這個問題的答案。

「那時候妳也是這樣沉默，所以我才會發現我吃醋我在乎，所以發現我不想再假裝了！對、我一直喜歡著妳。」

『但——』

「記不記得有次妳問我老了怎麼辦？我說我沒想那麼多，但其實那只是逞強，或者說是逃避這個問題，那天回去之後我想了很久，我真的不想一個人孤單的老去，就像妳說的那樣、連狗也不想理我，我希望有人陪我一起慢慢變老，而且我希望那個人是妳，我從來沒有這麼認真過。」

『但為什麼是我呢？明明你遇見過更多條件比我還優的女人呀！』

「但沒有人像妳愛他那樣的愛過我。」

沒有人為我這樣愛過，妳懂我意思嗎瑋薇？

『我不知道……我怕。』

「怕什麼？」

『在我最熬不過的時候總是你陪在我身邊，但如果對象換成是你讓我受傷的話，那到時候我還有誰陪？我……真的怕。』

「妳為什麼對自己那麼沒信心？」

第三章　幸福的。可能？

之一　瑋薇

你現在過著怎麼樣的生活？
有沒有終於能夠快樂一點？

妳為什麼對自己那麼沒信心？

左動的問題問進了我的心底，回家之後我躺在床上翻來覆去的怎麼也睡不著覺，我覺得我是需要找個人好好談一談，談談為什麼我竟然這麼沒有信心的這件事情；於是我想到了小玲、小六、角子、怪獸，但是除了左動之外，我卻再也想不出到底還有誰可以告訴我答案，因為小玲此刻正在睡美容覺，小六人不在台灣，角子八成正和女朋友親熱著，而怪獸自從國小被我甩了之後就再也沒見過面了。

突然間我感到極度的慌張，如果到時候我連左動都失去，那麼到底還有誰能陪我？還有誰可以收留我的焦慮、試著替我加油打氣？

其實我知道為什麼，關於為什麼我竟沒有信心的這件事情。

答案是因為你。

在我的記憶裡，你總是不快樂並且沉默的時候多，我甚至有點想不起來、究竟有沒有見你開心的笑過，你好像生來就不快樂似的；你說其實你從前是個還算快樂的人，你說你常懷念起以前在飯店實習的那段日子，你說那是你最快樂的時光，你說在這個都市待得太久了，久到足以令你失去了快樂的能力。

奇怪的是，這樣的你之於我卻有著致命的吸引力，令我著了迷似的想讓你快樂起來，而我一直也以為，我真能讓你快樂點的；我原本對於憂鬱的男人是不以為然的，但我遇見了你，我才明白原來我錯得厲害。

原來我相當的錯。

你從來就不是一個快樂的人，你經常半夜起床獨自到陽台抽菸，就算是和我躺在床上時也總背對著我悄聲嘆息，你從來不習慣傾訴，你寧願自己心苦也不願讓別人替你煩惱，可你卻從來不知道其實你身邊的人往往比你更苦，於是我下意識的刻意討好你。

但沒用。

但我怎麼也沒想到分手的三年後，竟有一個和你完全不同類型的人說他其實喜歡我很久了，並且那個人竟然還是左動！

這個世界怎麼了？還正常運作嗎？

此時我的手機響起——

「左動？」

對方沒有回應，我於是看了看時間，原來又是那通準時問候我的沉默電話。

我想我真的是太寂寞了，竟就對著手機說起這些事來，也不管對方究竟是誰，或者對方究竟是不是人；我想我只是需要有個對象來傾訴，就算那個人我不認識也好，就算對方只是電腦終端機的系統錯誤也好。

而對方還是一樣堅持走神祕路線，他還是堅持不說話、不洩露任何線索，他只是靜靜的在電話那頭沉默的聽著，其實我也無法確定他究竟有沒有在聽，我只是一直一直的說話，我甚至開始自問自答自言自語，等到最後終於累了倦了，才能夠沉沉的睡去。

我想我真的是寂寞過了頭。

「你覺得戀愛是什麼？」

這天趁著和左勳一起午餐的時候，我忍不住想問問他。

『戀愛就是兩個人的心底滿滿都是對方。』

這傢伙果真是個稱職的愛情高手，面對這種抽象又棘手的問題，竟能二話不說乾淨俐落的回答。

「但你不認為所謂的談戀愛就是不斷的約定下一次見面的時間而已嗎？」

『這麼說也沒錯。』

「那既然我們老在見面了，又何必多此一舉碰這種費時費工又傷神的東西呢？」

『妳就這麼害怕和我談戀愛？』

「欸！也不是這麼說嘛！只是你難道不覺得我們的感情之所以能維持這麼久的原因就是因為我們只是朋友嗎？」

『其實妳只是害怕失去吧？』

我當下是一楞，沒想到竟在無意間讓左勳看穿我心底不願意坦承的祕密。

『其實妳根本不用害怕呀！因為我們每天睜開眼睛面對的就是一連串的失去。』

「一連串的失去？」

『嗯，我們無時無刻的在失去時間、青春、金錢，甚至是腦細胞，其實所謂的人生說穿了不過就是一連串的失去吧。』

「好像頗有道理的。」

『而且，很多時候的失去不見得是壞事！就像是，很多時候累積下來的也不見得是好事的道理一樣呀！』

「嗯，有時候我真覺得你像個思想家一樣咧。」

『所以囉。』

「所以什麼？」

所以左勳就傾身吻上我的唇，也不管周遭的人是不是在看著，也不管我們的嘴裡是不是還咬著食物，簡直是混帳到了極點。

『妳接吻的技術真是有待加強哦，不過沒關係，身為妳男友的我會好好給妳技術指導的。』

「我差點被你嘴裡的芥末嗆到耶！」

我哭笑不得的抗議著。

真是的。

『妳怎麼老是一副狀況外的樣子呀？』

左勳總是這樣說我。

他說我對很多事情都不太容易適應，不管是自己的身體。自己所追求的未來，或者是別人要求的東西，都是。

「問你一個問題。」

『嗯。』

「你打算用什麼方法甩掉我呀？」

『吭？』

「你每次厭煩一個女人的時候不都來這招嗎？所以我還滿好奇如果對象換成是我的話，你會有什麼行為出現呀？」

『妳簡直沒藥救了。』左勳又不客氣的拍了我的頭；『倒是妳覺得我們什麼時候可以上床？』

「你真的很色耶。」

『我只是誠實而已。』

「哎！為什麼男人總是只用第二腦思考呢？」

『我反對。』

「理由是？」

『女人其實也是用身體思考的動物吧！只是很少女人肯承認而已。』

「你會比我還懂女人？」

『我根本比妳還懂妳自己吧。』

好像是哦。

回家之後，我突然想要打電話給倩，告訴她這件事情，關於我和左勳的新關係。

「我和左勳戀愛了。」

『你們不是分手快三年了嗎？』

哎！這女人狀況外的程度簡直遠遠超乎我的想像。

「他不叫左勳好不好。」

『哦，我想起來了，是不是那個韓國帥哥？』

「嗯，他說其實他喜歡我很久了，但我卻一點也沒有發現。」

『那不是很好嗎？』

「怎麼說？」

『表示妳又快有性生活了呀！和帥哥上床想來就令人期待不是嗎？』

哎！我怎麼覺得倩說話的調調越來越像左勳啦？還是其實我的朋友都是這個調調呢？

「欸！妳會認為女人也是用身體思考的動物嗎？」

『當然是呀！女人畢竟也是動物不是嗎？也有荷爾蒙呀！』

「那妳有沒有想過為什麼我們會想和某個人上床？」

『可能只是想試試他是不是真的像他自己說的那麼行吧！妳知道，男人總是喜歡誇張他的性能力，妳可以嫌他窮嫌他醜，但妳永遠不能說他從來沒給過妳高潮；妳移情別戀沒關係，但妳不能告訴他是因為對方性能力比他好的關係。欸！男人嘛！其實骨子裡只是個孩子，妳不只要給他糖吃，甚至在必要的時候還是得哄哄他的。』

有時候我真覺得倩實在是女人版的左動欸。

「是這樣子的嗎？」

『是喲！而且妳以為什麼過去的男人會有處女情結的存在？』

「為什麼？」

『因為害怕被比較呀。』

終於，我被倩給逗得笑了出來。

『怎麼妳不喜歡他嗎？』

「也不是吧，只是當朋友習慣了，突然的……很怪呀。」

『先驗貨看看吧。』

「咦？」

『先上床看看呀，如果床上合不來的話，那乾脆就此打住算了，妳知道，其實為什麼兩個人要交往，說穿了不過就是為了有人得有義務和妳上床呀。』

「……」

倩大概是感覺到我不想再繼續這個話題了，或許她以為我性冷感也不一定，總之，她換了個話題，問：

『對了，妳後來還有再接到那通午夜電話嗎？』

「嗯，我都靠它報時了。」

『妳這個人實在是隨和得令人難以置信耶。』

「啥？」

『沒見過有人能和騷擾電話相處得這麼好呀！』

「我開始不認為那是騷擾電話了。」

『會不會其實是他？』

「誰？」

我問，雖然其實我明白倩指的是誰，但不知道為什麼，我就是想要裝作並不明白她問的是誰；不想被知道我第一個想起的還是你，大概是這方面的裝傻、我想。

『你們分手快三年那個呀！叫什麼名字來著？』

「不是吧。」

『哦，不過我最近倒是有聽說他的事情，妳知道小龍嗎？就是跟他認識十幾年那個，他最近也來英國了。』

「他什麼事？」

『哦……其實也沒什麼重要的啦。』

然後倩又把話題轉到她的異國生活，重複她千篇一律的抱怨。

第三章　幸福的。可能？

之二　左勳

陪我一起找幸福

當我走進書局裡試圖想要找出《如何談好戀愛》又或者《戀愛成功十大法則》這一類的書時，我就知道情況不妙了！尤其是當我找著找著卻不知不覺的還是走到清涼雜誌區時。

不妙！

或許我可以輕而易舉的在夜店裡成功泡上最辣的美眉而且還用不到一杯馬丁尼的時間，或許我可以全身而退的向美眉們道分手而且還讓她們認為這全是出自於命運的捉弄，但說真的，我不知道我到底有沒有愛人的能力。

但我願意努力嘗試，為了瑋薇。

於是挑了一個適當的時機，我問：

「妳是會算命哦？」

『什麼算命？』

「我是說才剛開始妳就做好預言囉？」

『什麼預言？』

「關於我們遲早會分手的預言呀。」

瑋薇沒有回答我，瑋薇反而是把問題丟回給我：

『欸，你有沒有想過人與人之間的距離其實總是疏遠的吧？』

「嗯?」

『就像是雖然現在你坐在我的身邊，但我卻完全沒有辦法確切的明白你心底真正的想法呀，甚至你和我說話的時候心底是不是只想著我這個人也是無法確定的，就算你嘴裡說是，我還是無法肯定的吧！因為真正的答案只有你會知道，而是不是你的客套話或者場面話，無論如何，我是不可能真正知道的呀。』

我定定的望著瑋薇，我感覺到心疼；瑋薇……妳怎麼會害怕成這樣呢？

忍不住將瑋薇擁入懷裡，第一次，我感覺到我們的心離得好近。

「聽我說，如果妳要我親口說我們會一輩子在一起，這種空頭支票我是絕對說不出口的，畢竟未來的事情誰能夠真正說得準？但如果妳要問我，既然沒有把握又何必要堅持在一起？那麼我會告訴妳，因為我是確確實實的愛上妳，就算哪天這份愛情走到盡頭了，但那也不代表它就不曾存在過，或許分手的多年以後我會連妳的長相、聲音都模糊了，但我不會忘記曾經真愛過妳的感覺。」

『你真愛我?』

「千真萬確，而且這是真心話而非客套話或者場面話，因為我不認為我們之間需要這些多餘，如果妳還要問我為什麼是妳?說真的我也無法解釋，我只知道我是真的愛妳，而且我這輩子從來沒有這麼確定過。」

早知道我就該早點這麼告訴瑋薇的，因為當天晚上瑋薇答應在我那過夜。

當激情褪去之後，我把臉埋在瑋薇的頸間，說：

「有部日劇的對白說是，如果能被喜歡的人也喜歡著，那麼上帝幫它取了個名字，就叫作幸福。」

『你是說我們現在？』

「嗯，相反的，如果被不喜歡的人喜歡上，那叫作不幸。」

『那如果喜歡一個人卻不被接受呢？』

「這我沒想過。」

『那如果你喜歡的人不再喜歡你了呢？又或者有天你醒來突然想不透為什麼身邊會躺著這個人呢？這是幸福或是不幸呢？』

我輕咬著瑋薇的肩頭，忍不住的笑著問這沒用的小笨蛋：

「妳媽媽從小就告訴妳要這麼悲觀嗎？」

『但這是事實呀。』

「什麼事實？」

『什麼東西都有賞味期限呀！不管是有形的無形的，就是連保險套都有使用期限耶！我每次一想到這件事情就會覺得人生大概沒有希望了吧。』

「這就是為什麼妳每次買東西都要先找製造日期？」

『就是呀！你不覺得過期的東西實在是很可怕嗎？』

「但妳不覺得連洗衣精都要看製造日期未免也太誇張了嗎？妳是怕洗出來的衣服不新鮮哦？」

自從有次陪瑋薇買洗衣精之後，我就一直把這件事情當成笑話一樣掛在嘴邊糗。

『我真的很怕過期嘛。』

「怕成這樣？」

『怕成這樣。』

「那我希望我們愛情的有效期限是世界末日。」

『如果我們分手那天還不到世界末日呢？』

「那麼世界末日那天我還是會把妳找出來。」

『你世界末日那天想跟我在一起？』

「嗯啊。」

『為什麼？』

「不是每件事情都需要理由的好不好？」

『連愛情也不需要理由？』

「嗯，就像是妳問為什麼我喜歡妳？其實答案很簡單，就是我喜歡。」

瑋薇笑著親吻我的眼睛，換了姿勢躺在我的胸膛上，那小腦袋此時此刻不知道在胡思亂想著什麼，或許她和我想的是同一件事情，那就是幸福。

突然的，瑋薇像是想到了什麼似的，起身穿衣，說：

『借你浴室沖個澡哦。』

「妳要回家了？」

『是呀！晚了嘛。』

「幹嘛不直接留下來過夜就好？」

『唔……』

「妳是有門禁時間哦？還是妳十二點會給自己晚點名不成？」

『沒辦法嘛！我的截稿日快到了呀。』

關門，我聽見浴室傳出瑋薇淋浴的聲音，瞥了一眼牆上的鐘：快十一點了。望著那鐘，思緒突然回到瑋薇和他感情出現問題的那陣子；當時瑋薇的翻譯工作已經穩定下來了，於是便辭了白天在我那裡的打工，之後的瑋薇幾乎是沒有必要就不再上我的咖啡館了。

但那天，那天夜裡瑋薇突然一個人很吃力似的扛著這鐘跑來咖啡館找我。

「妳發神經哦？大半夜的一個女孩子抱著時鐘上咖啡館？」

『不是啦！我想把這鐘送給你呀。』

「妳唱衰我哦！大半夜的跑來送終。」

『你很煩欸！』

「那我知道了，你們分手了對不對？」

瑋薇瞪著我，臉上幾乎沒有任何稱得上是表情的東西，我從來沒看過瑋薇那麼冷漠的樣子。

尷尬。

『欸！你這裡是不是有酒呀？』

「很難過的話痛快的大哭一場比喝酒來得有用啦！」

『……』

「長島冰茶？」

『好。』

「妳知道長島冰茶的酒語是什麼嗎？」

『不知道。』

「讓我醉，別讓我心碎。」

當時瑋薇好像快要哭出來了的樣子，但結果她還是沒哭。

吸了吸鼻子，她說：

『幫我收留這鐘好不好？』

「為什麼？」

『看到它會讓我想起討厭的回憶。』

這是瑋薇那天說的最後一句話。

然而回想至此，才發現記憶裡好像少了什麼……少了——

我和他分手了。

對了！就是這句話。

瑋薇從來沒有說過這句話，她僅僅是不著痕跡的把他的名字從話題裡減少了，甚至當我們問起時，她也只是淡淡的笑而不答。

這是不是代表著瑋薇在潛意識裡抗拒著承認這件事情——

他們分手了。

再望一眼那鐘，快十一點半了。

念頭一轉，我偷偷的把我們手機裡的 SIM 卡交換。

在瑋薇回去之後，我什麼事也不做的就是盯著牆上的鐘，當那時針和分針在十二點處合而為一時，我聽見，我聽見寂寞的聲音從手機裡響起。

寂寞的聲音，響進我的心底。

整天我都沒有心情說話，我知道自己在旁人看來不但異常安靜、甚至臉上也不見平時招牌的嬉皮笑臉，我不想讓別人看見我在困擾，但沒有辦法我臉上甚至掛著兩個黑眼圈。

黑眼圈！以前就算再縱慾過度也不曾出現過在我臉上的黑眼圈！

終於，我們沉默的吃完義大利麵之後，我才開口說道：

「我昨天接到那通電話了。」

『嗯？』

接著我把手機拿給瑋薇，這小笨蛋才知道原來她的 SIM 卡被掉包了。

「他為什麼還會打來？」

『我又不是他，我怎麼知道。』

「所以我昨天替妳問他了。」

瑋薇看起來嚇了一大跳的樣子！我不知道她幹嘛要嚇成那樣。

「想知道是誰嗎？」

『誰？』

「惡靈。」

瑋薇忍不住笑了出來，見瑋薇瑋笑了，而我也終於恢復了平常的光采，說：

「其實他還是沉默，所以我只是大聲的問候他祖宗八代而已。」

『你這樣不怕得罪惡靈哦？』

我又拍了拍瑋薇的小腦袋，正經了臉色說：

「不過我覺得妳這樣是縱容犯罪。」

『縱容犯罪？』

「對，就是因為妳一再的縱容，所以他才會食髓知味的一再打來。」

『唔……左動說話好有深度哦。』

「妳少跟我打馬虎眼，這樣吧！找電信局查查是誰好了。」

『萬一是惡靈怎麼辦？』

「妳其實只是不想換號碼吧？」

『欸！好嚴肅的感覺，聊點別的嘛。』

「妳潛意識裡並不認為你們已經分手了對不對？」

『幹嘛老扯上他呀！這根本兩回事情吧。』

「妳不能心裡想著這個卻又愛著那個呀。」

『什麼這個那個的？』

「妳知我說什麼。」

『問你一個問題。』

「嗯。」

『怎麼你會以為我是那種可以隨便跟不喜歡的人上床的女生嗎？』

我一楞，然後笑開來，將瑋薇擁入懷裡。

我從來沒有感覺到這麼幸福過。

第四章　找。自己

之一　瑋薇

如果再相遇，你會用什麼眼神看我？

是從什麼時候開始的呢？我相當仔細的回想著。

是的，就是當那通沉默電話找上我的那天起，我開始習慣每天在午夜前的十分鐘發送一通簡訊給你，有時候是很簡單的問句你好嗎？有時候則是把那些說不出口的煩惱敲在簡訊裡面然後傳送給你。

我隱約也明白有極大的可能是得不到回應的，甚至這些得不到回應的單向簡訊是不是真的傳送到了你的手裡？我也不抱持任何的希望；但是不知道為什麼，我就是很單純的想要這麼做而已。

總覺得在那個當下不那麼做的話，人生就無法繼續下去的那種感覺。

為什麼我就是忘不了屬於你的那串號碼？

左動並沒有真正去電信局查那個號碼，相反的，他自作主張的重新申請個新門號給我；左動對於這件事情的在乎程度簡直遠遠超乎我的想像，我第一次見他這樣在意一個女人，而那個女人是我。

「你不是當真的吧？」

『我是。』

「可我不想換嘛！這樣好麻煩，還得重新通知所有人。」

『哪來的所有人？妳明明就沒什麼朋友。』

「你不也是沒什麼朋友。」

『隨妳怎麼說。』

「左勳就是這樣的人吧。」

『嗯?』

「永遠不會回想過去，於是才能看得到未來吧。」

『這樣不好嗎?』

「這樣很好呀!你不認為這是成功者的典型性格嗎?」

『是嗎?』

「是喲!你不覺得人只要遇到挫折的時候就會開始想要逃到過去嗎?」

『我倒是沒想過這方面的問題。』

「是真的喲!因為只要一想到未來可能會一直這樣不順利下去的話，那根本就連想的勇氣都沒有欸!所以呀，成功的人根本沒時間回想過去的，因為光是計畫未來都不夠了呀。」

『所以妳想回到過去嗎?』

「也可以這麼說吧!但我是想要回到遠古的時代，看到那時候的人那麼落伍的生活著，心裡才會覺得自己很了不起吧!呵呵!左勳咧?」

『我……我個人是比較想直接跳到世界末日那一天，想看看人類到底是怎麼把地球給搞垮的。』

「你這個人哦……真是的！不過像左勳這樣的人比較幸福吧。」

『妳也很幸福呀。』

「怎麼說？」

『因為不管妳的過去或者未來都有我呀。』

「哎！如果你的自信能分給我一點的話那該多好。」

『嗯？』

「你不是說過嗎？我是一個沒有自信的人呀。」

『別人怎麼說妳就怎麼信哦？』

「左勳說的我就信呀。」

『那我說妳會一輩子愛我。』

「你就不會說你一輩子愛我哦！自私鬼。」

『好，那我更正，我們會一輩子相愛。』

「你真的相信會有天長地久的愛情嗎？」

『我相信心誠則靈。』

我笑了笑，沒再說話。

天長地久？借來的吧！

而這天晚上當我才傳送完單向祕密簡訊時，左動就打過來了，當我接起手機的時候，左動的口氣顯得很不高興的樣子。

『妳怎麼還用這個門號？』

「一忙就忘記換了咩。」

『妳還在等他電話對不對？』

「誰？」

『妳什麼時候才肯誠實的面對自己！』

然後左動摔了電話，我怔怔的望著手機，猜想或許左動還在那頭等我回電，或許我要好言幾句，或許我要故作生氣的怪他幹嘛吃這沒來由的乾醋？或許左動會一路講著手機一路飛奔趕來找我，而最後我們會浪漫溫存一整夜也不一定，或許……

但我什麼也沒做，我只是定定的望著手機上的時間變化成為十二點，然後那通令左動感到不安的電話再度響起——

我迅速的接起，聽到電話那頭一貫的沉默時，再迅速的掛斷，然後我終於做了一件早該做的事情——

回撥過去。

空號！

怎麼會這樣?

我感覺到前所未有的慌張，我不知所措，我不知道該怎麼辦。

沒辦法告訴左勳，因為他現正在氣頭上，這就是我一開始的擔心，沒想到如今竟然成真，一陣徹底的孤獨將我圍繞，就在我快要感到窒息的時候，我撥了電話給倩，告訴她我的擔心，告訴她左勳的生氣，告訴她我們的困境，我最後說早知道還是當朋友就好。

『妳不覺得這樣很自私嗎?』

自私?我?

『我一直覺得這種說法很自私，說是怕到時候沒有陪著流淚的對象於是不能接受對方的感情，我相當討厭這種說法的人。』

「這樣不對嗎?」

我怯生生的問，聲音微弱得幾乎就連我自己都快要聽不到了。

『怎麼會對!只把自己放在安全的位置上卻完全不顧慮到對方的感受，這種人我最討厭了!』

原來我一直沒有顧慮到左勳的感受嗎?

我們的愛情沉默了一整晚之後，左動打電話來約我在附近的餐廳碰面。

『我們需要談一談。』左動說。

窒人的空氣在餐桌之間散開，感覺好像又回到那晚，與你決裂的傷心。

唯有痛過才能證明愛情存在，是嗎？

只能這樣嗎？

左動好像一點食慾也沒有的樣子，他不動刀叉倒是一根又一根的抽著菸，其實左動的菸癮本來不大，但他最近的確是越抽越兇了。

是不是我令他心煩？

『妳覺得我們之間的問題是什麼？』

「那通電話？」

我只是在想，如果左動點頭的話，那麼我就可以告訴他那是空號，我們愛情的問題是一個空號，因為空號所以不存在。

但左動沒有，他捻熄菸，皺眉，說：

『我覺得是感受不到妳的愛情。』

我沒想到左動竟會這樣回答，沒想到他竟是這種感受，這不在我的預期之內，所以我不知所措，或者應該說是無能為力。

『妳總是這樣，就算我說了這麼重的話，妳還是淡淡的表情，好像什麼情緒也沒有，連辯解也不肯。』

「要不你想我該怎麼做？」

左勳嘆氣，說：『妳不是說過，妳不是那種隨便和不喜歡的男人上床的女人嗎？』

「嗯。」

『但妳真的有把握是因為愛才有性的嗎？』

「不是嗎？」

『我不那麼認為，有的時候其實是因為寂寞。』

寂寞？

『那天妳堅持要回家，我躺在床上看著妳離開的背影，我突然覺得很寂寞。』

我真的搞糊塗了！為什麼我和左勳的關係好像回到了過去的你和我，事情怎麼會這樣呢？

『我不是說過嗎？妳雖然看起來總是很開心的樣子，但心裡到底在想些什麼呢？沒有人知道，除了妳自己。』

左勳重新燃起一根香菸，又說。

「你想我們是不是也到了賞味期限了？」

『嘿！聽我說，我從來沒有打算放棄過，我從來就不認為有誰的愛情能夠從頭到尾都順利得不得了的，就算是電影裡虛構的也是，所以，不要急著放棄好嗎？』

不要急著放棄好嗎？

沒想到左勳竟說出我長久以來的癥結，我總是一碰到不對勁就會馬上想要放棄，也不努力。

不要急著放棄好嗎？

三年前你並沒有對我說出這句話，是不是因為你比我還早就放棄了呢？

於是三年後的現在，我決定告訴左勳：「好。」

左勳好像鬆了一口氣似的，露出了今天的第一個笑容。

『妳不覺得這也是一個很好的開始嗎？』

「怎麼說？」

『妳的好朋友兼情人也就是區區在下我，終於開始想要用心的維護一段感情了。』

我跟著也笑了，我們終於能夠回到從前的時候，能夠輕鬆的討論對於愛情的看法。

只是關於那通電話的事情，我還是沒有辦法告訴左勳。

漸漸的，我不再感覺到寂寞了。

我和左勳幾乎是以半同居的方式共同生活著，大半的時候我們都待在我的公寓裡

（我實在無法忍受左勳那沒有浴缸的浴室，我固執的認為沒有浴缸的浴室其實根本不能

稱得上是浴室）；後來我沒再接到過那通電話了，因為每當午夜前的十分鐘，我開始不再傳送單向的簡訊而是關掉手機，雖然我還是沒換上左勳給我的那個門號，但左勳似乎也不以為意了。

不過他真正在乎的好像不是這件事情——

這天，左勳提出一個我覺得很奇怪並且多餘的想法：

『我們去找他好不好？』

「幹嘛？」

『我一直覺得你們那樣並不算是真正的分手。』

「沒必要吧。」

沒有必要吧！

而這也是我和左勳最大的差異。

左勳認為沒有必要在分手後就老死不相往來，但我想這大概是因為他交往過的女人數量太多的緣故吧！多到隨便走在街上都能碰到四五六七個，所以我常想不透為什麼性格完全兩極化的我們竟然可以愛得這麼好呢？

總之，我壓根沒把這件事情放在心上。

沒有必要吧……嗯。

第四章　找。自己

之二　左動

感覺像是把原來的自己一點一滴的找回來了

顯然瑋薇認為我們之間的問題只是單純的源自於那通莫名其妙的沉默電話，但其實我並不這麼認為；我認為是他，無論是我們之間的問題，或者是那通午夜的沉默電話。

尤其是當我有次趁著瑋薇不在家時從她抽屜的最底層搜出一本陳年記事本時。裡頭詳細的記錄了他們第一次相遇的日期、場所，第一次的約會……看來那是他們認識的那年吧！

好久了！真的好久了。

翻到了最末頁果真也寫著他的手機號碼，急急忙忙的將號碼抄下並且確認無誤之後，我找了一個在那家通訊企業上班的朋友，請他替我調查這門號的使用情形，結果幾天之後得到的答案是：

『已經停用很久了。』

「喔。」

『怎麼好一陣子沒在店裡碰到你啦？』

「最近忙呀！」

『該不會是遇到什麼桃花劫在避風頭吧？哈！夜路走多了總會遇到鬼的啦！』

「也可以這麼說啦！嘿嘿。」

『哦？』

「其實我……」

『快說啦！』

「我戀愛了。」

一切的錯誤就是從這裡開始的。

就像是「貓在鋼琴上昏倒了」這句古早的廣告詞那樣，「左動那傢伙居然媽的談起鬼戀愛來了！？」（媽的還跟我強調是問號兼驚嘆號）開始在我過去的社交圈裡——無非就是那些PUB、夜店的——傳開來，託那群饒舌賴子們的福，因此我夜裡的咖啡館生意變得好得不得了，雖然同時格調也因此被拉低了許多。

每天夜裡我這咖啡館搞得都像在開記者說明會兼賭徒們的聚會——他們賭我撐不了一個星期——那樣；站在吧台裡以最帥的姿勢替這群沒格調的賴子們煮咖啡的同時，我幾乎可以想像不久前這群被旺盛的荷爾蒙完全給支配了的無聊饒舌客在夜店裡逐漸用過量酒精（每次泡不到妞時他們就喝個爛醉）（他們幾乎每次都喝得爛醉）讓自己變成易燃品時的情況。

情況推測如下：

夜才正要熱鬧，在時髦辣妹們最常出現的夜店裡，這群夜店老手們前前後後走進夜店裡坐在老位子上點了今夜的第一杯酒（通常是馬丁尼），一邊物色著今晚的貨色一邊和因為同樣沒事於是泡在夜店裡泡妞就這麼變成朋友的賴子們有一句沒一句的閒聊，而閒聊中有人問起：

A：怎麼好久沒看到左勳那傢伙啦？怎麼是被遣送回韓國並且額頭上還烙了淫蟲兩個大字嗎？哇哈哈～～

B：聽說那傢伙正正經經的談起戀愛來了！從良去了啦！

眾人：什麼？左勳戀愛了！？

口氣類似：「什麼？左勳懷孕了？！」的那種誇張程度。

於是賴子們一口氣喝乾馬丁尼索性連妞也不泡了的，就這麼急急忙忙的移駕到我的咖啡館裡來好確認我肚子大了、不！我從良了的這件事情。

「滾回夜店裡去把自己喝成易燃品吧！你們這些老了連小狗都不會想要理你們的垃圾。」

『你撐不了一個星期、不！給你點面子好了、一個月，就會開始懷念起在不同女人床上醒來的日子。』

「滾蛋！你們這群自尊低落的易燃豬。」

『隨時歡迎歸隊呀左情聖！噗哧～～』

我得說每晚看著這群靈魂空虛的賴子們真是會慶幸自己終於和他們變成不一樣的人了！過去那段混夜店泡辣妹的日子說快活還真他媽的超快活的，不過如今自己走出來了，才恍然明白原來在清醒的人眼底，喝醉了的人看來是快樂得那樣不真實，或者應該說是悲傷。

這樣的日子經過差不多一個月之後，那些賴子們逐漸的也不再特地來看我了，這就是所謂的流言吧！讓你一夜成為話題的焦點、不過也在轉眼之間就被遺忘了。我相信時間再過久一點，他們甚至連我姓左還是姓右、是韓國人還是日本人都會搞不清楚了。

不過就連我自己都幾乎快要忘了這件事情的時候，最後一個朋友終於來到我夜裡的咖啡館。

陌生人！

『嗨嗨！超級久的好久不見哪！世界末日先生。』

說真的我自己也不知道為什麼我竟會高興到甚至很激動的狀態，我想那大概是因為好久不見的陌生人、這次的再見面是毫不考慮的就選擇了吧台前的位子而非她從前習慣的老位子吧！

這意味著我們的關係已經不再只是陌生人了，而是變成陌生的老朋友。

「好像《重慶森林》裡最後那段的感覺呀！當妳一走進這裡、我第一眼認出妳的那一瞬間。」

『重慶森林？』

「王家衛導的那部電影呀！男女主角在他們約定見面那天的一年以後，變成老闆的梁朝偉呆呆的看著變成空姐的王菲走進他們認識的那家店裡的那幕呀！那是我來台灣之後看的第一部電影。」

『但我沒有變成空姐呀。』

「我知道呀！再說、我也比梁朝偉帥多了！哈～～」

陌生人很好心的配合著笑了一下，她看起來好像心情很好的樣子，我發現她把頭髮留長了，不知道是不是圓潤了一些的關係，整個人看起來氣色顯得精神許多了；我是比較喜歡這樣子的陌生人，不過這是個人偏好的問題、當然。

『其實大概半個月以前吧我就回來了！不過看到裡頭鬧哄哄的好多人，覺得怪不習慣的呀！就一直沒進來了。』

可惡！都怪那群饒舌易燃王八羔子！

「妳是去哪啦？」

『把工作結束了出去旅行了一趟，錢花得光光的才回來哦！不過一杯卡布奇諾的錢我還是付得起啦。』

真是失禮！我竟光顧著講話而忘了煮咖啡！不過一邊煮著咖啡一邊我還是開心的直說：

「聽起來不錯嘛這種生活。」

『是呀！總覺得當人生到了某種極限的時候得把自己完全放空了才行呀！我說的是

完全性的那種放空哦！要不然根本沒辦法把自己想清楚呀！』

「把自己想清楚？」

『嗯，把自己想清楚。』

「為什麼要把自己想清楚？」

『因為想把自己想清楚哪。』

「好吧。」

好吧。

要巧克力粉不要肉桂粉的卡布奇諾端到陌生人面前，她很滿足似的喝了一口，然後微笑，依舊是會讓這座夜裡的咖啡館因此而明亮了的那種微笑。

「不過本來我以為妳回家了咧！」

『咦？』

「火星哪！剛好火星來地球妳就消失了，還以為是妳的族人來接妳了咧。」

陌生人先是一楞，接著很開心的笑著，笑到必須把肚子扶著的那種笑法；坦白說我很開心這個關於火星的幽默終於有人能懂了。

『你還是很怪耶世界末日先生。』

「一路走來始終如一哪！並且，我叫作左勳，左勳的左，左勳的勳。」

然而關於這個笑點、陌生人卻還是始終不賞臉，聳聳肩膀、陌生人又說：

『差點忘了！』陌生人從背包裡拿出一支錶，然後交到我的面前，說：『送你，旅行的禮物。』

「這怎麼好意思，未免也太貴重了吧！隨便送點什麼飯店幹來的牙刷呀鑰匙圈呀明信片的不就好了？」

『只是SWATCH而已嘛！而且這是我們三個人旅行的慣例。』

「嗯？」

『關於在旅行途中買支手錶的這件事呀。』

「那、這樣吧！以後妳來喝咖啡老闆都不收錢，如何？」

陌生人淺淺的笑著，馬上又續了一杯卡布奇諾。

就知道。

『而且我在這裡真的也沒有什麼朋友了呀。』

「我的榮幸。」

然後我將手錶立刻戴上，看著上面的時間，問道：

「這是哪個國家的時間呀？」

『紐約。』

「原來是去了紐約旅行呀！」

『其實也不只是旅行啦！順便還探了朋友。』

「哦？」

『就是那兩個人的其中之一。』

「妳愛的他？」

『嗯，她後來結婚去了紐約，連婚禮也沒舉行哦！很突然的就寄了張印著兩人合照的明信片，上面親筆寫著「WE ARE MARRIED！」就這樣，裝什麼性格嘛！真搞不懂。』

「見了面之後感覺如何呀？」

『其實並沒有見到面，我只是坐了計程車到那地址的附近繞了一圈，看一下他們是住什麼樣的房子、想像一下大概過著什麼樣的生活，這樣而已，很沒用哦？』

「是近鄉情怯吧？」

『只是膽小吧！或許還有一點點的難以接受。』

「難以接受？」

『很難想像那種人跑去結了婚可能還會生幾個小孩養幾隻狗這類的，過著那平凡人的生活……真的很難接受呀！是那樣特別的一個人喏！』

「我想像一下。」

『那個特別的人？』

「不，是我結了婚生幾個小孩養幾隻狗的樣子，哈！」

好吧！這個笑點很難懂。

『而且你知道嗎？在決定要去找她的前一晚，我甚至還做了個充滿焦慮的惡夢呢！』

「夢到什麼？」

『一隻會發光的巨大烏龜。』

「Excuse me？巨大烏龜？怎麼聽起來比較像是喜劇夢呀！」

『真的很可怕耶！我夢見以前我們一起在飯店實習的四個人，像是探險似的走在一個陰暗的陌生地下道裡，真的很可怕喔那地下道！感覺像是永遠走不出去會一輩子困在那裡了的感覺，在夢裡我一直很害怕哦！一直好想放棄了逃跑算了！可是他們卻堅持要找到呀！』

「堅持要找到巨大烏龜？」

陌生人笑了出來，搖搖頭，又說：

『在夢裡很清楚的我們四個是要去找她，但不知道為什麼結果出現的卻是會發亮的巨大烏龜，但我清楚的知道那代表著的是她。』

「是不是妳潛意識裡認為他是躲在自己的殼裡的膽小鬼？」

『不是吧！她很勇敢的！不過就算其實真的是，到底還是走出那殼了啦！』

「因為他後來跑去結婚了可能還生了幾個小孩養了幾隻狗過著平凡人的那種生活嗎？」

陌生人沒有回答我，陌生人自顧著又說：

『你知道嗎？我一直覺得她用徹底的改變傷害了我對她的感情。』

用徹底的改變傷害了對她的感情？

「等一下，妳剛才說妳在飯店實習呀？」

『是呀！我是學餐飲的，怎麼了嗎？』

「也沒什麼啦其實，只是我有個朋友剛好也是，這樣而已。」

『哦……那搞不好是我們學校的學生。』

「或許喔！年紀看起來好像差不多的樣子，不過我也不確定，我最後一次看到他是大概三年前的事了吧！」

『那位朋友是念哪個學校呀？我是高雄餐飲學院畢業的，現在有餐飲科系的學校越來越多了哦。』

「這我就不曉得了耶！其實是朋友的朋友啦！我間接見過幾次面而已，稱不上熟。」

如果那時候話題就這樣結束了，是不是對我們大家都好？

我不知道。

我真的不知道。

「妳是在哪間飯店實習呀？」

我找話聊似的問，而陌生人說出了一個我所熟悉的名字，我覺得有點猶豫，但卻還是問了：

「妳不會剛好也認識潘裕文吧？」

像是過了一個世紀那麼久的時間，陌生人才怔怔的點頭，我想假裝沒看見她此時紅了的眼眶，其實我更想假裝的是，我沒聽見陌生人哽咽著說出的那幾個字：

『他就是我們三個其中之一。』

「他去了紐約嗎？」

陌生人搖頭，她的眼淚滴進空了的咖啡杯裡，陌生人說，她說：

「潘裕文死了。」

日初之前終結悲傷。

不知道為什麼當下我突然想起這幾個字。

第五章　都。過去了……

之一　瑋薇

都變成回憶了

『我想和妳談一談。』

「幹嘛突然擺出這麼嚴肅的臉呀？怪怪的哦。」

『是關於潘裕文的事。』

「那是空號，我回撥過了，是空號。」

『都沒有人告訴過妳嗎？這三年來？』

「他怎麼了？結婚了哦？還是結婚了又離婚了？」

『潘裕文死了。』

「這很難笑耶左勳。」

『我不拿死亡開玩笑的。』

「……」

『我也……很意外，我很難過，真的。』

「……」

『我遇到一個他以前的朋友，她說潘裕文其實已經死了。』

「如果這只是個玩笑或者試探什麼的話，我會恨你一輩子。」

『我也不希望這樣。』

「怎麼發生的？」

『空難，應該是在你們分手的那年吧！』

——妳沒看新聞哦？這幾天是火星最接近地球的時候呀！兩百多年才這麼一次。

——沒有，我從來不看新聞的。

「可是左勳，他不旅行的。」

『瑋薇……』

不哭！

不能哭！

「我覺得……」

『嗯？』

「死掉的人最討厭了。」

死掉的人最討厭了。

「讓我一個人靜一靜好不好？」

左勳離開之後，我把自己泡在浴缸裡，我得仔細的回想這一切的經過。

我從來就不相信一見鍾情這種神話，但它千真萬確的發生了，就在我第一次見到你的時候，並且對我發生了相當的作用。

我已經有點忘了我們是在哪個時空哪個場合認識的，但我清楚的記得當我第一眼看到你的時候就已經愛上你了！並且當你說你也喜歡我的時候，我曾經快樂得好幾天捨不得睡去，因為我迫切的渴望用全部的時間思念你，我曾經一度以為我就是世界上最幸福的女人。

因為你。

我是第一眼就愛上你的，那你呢？

你始終沒有告訴過我你喜歡我的原因，於是我固執的認為那應該和我喜歡你的原因相去不遠，就是感覺兩個字吧！或許還有緣份的因素在裡頭，我們一向是如此契合並且相愛的兩個人，不是嗎？

不是嗎？

你從來沒有問我過去的感情生活，而你也不曾提及過你的，你只是一再的強調你並不是從一開始就這麼不快樂的，你說過你生命中最快樂的一段時光，但卻從來不說為什麼，你說人只有當想逃避的時候才會希望能夠回到過去，而你想要逃避的東西實在太多了，你說你真的只想活在回憶裡。

我在不在你的回憶裡？

你怎麼會去旅行？

你從來就不是喜歡旅行的人，甚至我們也很少一同出遠門。

只有過一次，一次。

我們一同到基隆玩，基隆，你最後讀書的地方，我們一同到你生活過的校園，因為那有你快樂的一部份；一走進校園，你好像在尋找什麼似的，筆直的往一棟大樓走去，但走到一半卻又放棄，問你怎麼了？你還是不說。

你始終不願意讓我進入你內心的最深處，但我卻始終固執的深愛著你，或許直到現在，直到你過世之後的現在，我還是愛著你的也不一定。

但為什麼竟沒有人願意告訴我你最後的消息呢？難道在分手之後我竟連參加你告別式的權利也一併喪失嗎？我甚至不曉得你的家人為你舉辦了怎麼樣的告別式？有哪些人參加？我完全一無所知。

就是連你的死亡，我也是遲了三年後才知道，這是我最無法釋懷的地方。

我的一切再也與你無關了！每次一想到這點，我仍難免心傷，畢竟，兩個人從陌生到熟悉，然後相愛，彼此需要互相陪伴，那是多麼難得的珍貴呀！

你怎麼會去旅行？

你為什麼要離開我？

如果再見面，你會用什麼樣的眼神看我？

不知道了！你留給我的種種疑問、你欠我的所有回答，永遠不會知道了！

永遠！

太過分了！

太過分。

過分。

當左勳帶著兩眼的血絲再來找我的時候，我仍然保持著同樣的姿態，在已經冷掉的浴缸裡。

『妳這樣會感冒的。』

左勳是一臉的擔心及內疚，但我很想告訴他說一切都無所謂了，只是我沒有力氣說話，我一整夜沒有闔眼，一直沒進食喝水，我像是自虐似的懲罰著自己，或許應該說是、我和你；但我的意識卻異常的清楚，我清楚的明白一切對我而言都已經無所謂了。

『真的對不起，我沒想到竟會是這種結果——』

「你做得很好。」

我不帶任何表情的說，臉上是那種左勳告訴過我的，那令他感覺不到愛的表情，但無所謂了，我已經失去了一切討好別人的氣力。

「我曾經問過你，如果你想要和我分手的時候你會怎麼做？你表現得很好，真的。」

『我不是那個意思。』

我再度把自己藏在水裡面，因為我感覺到喉嚨間有一陣哽咽情緒。

不哭。

不能哭。

『我們去看看他好不好？』

左勳嘆了口長長的氣，最後說。

掙扎了好久，最後我還是跟著左勳去拜訪你的家，你不曾存在過的新家，你的家人之後搬到了這座城的另一邊，這個新興的繁榮地段和你那老實模樣的年邁父母顯得格格不入，當他們看到先打過電話聯絡的左勳造訪時顯得很開心的樣子，然而我這個你昔日的女友，他們卻好像並不認識的樣子。

『對不起，這孩子後來一直獨自在外面生活，所以沒辦法聯絡到他全部的朋友。』

『請不要這麼說，其實我們後來也很少聯絡，抱歉過了這麼久才來打擾你們，真的很過意不去。』

我靜靜的在一旁聽著他們的對話，一句話也說不上來，或許你的父母只當我是左勳的女朋友也說不定吧。

『因為我們也不是很清楚他在台北的情形，所以只是翻著他的畢業紀念冊找到他的幾個同學。』

「可以……借我們看一下嗎？他的畢業紀念冊。」

終於，我開口說了第一句話，而左勳握了握我的肩膀，什麼話也沒說。

於是你的母親帶著我們走進一個房間，又說：

『雖然換了房子，但還是想留一間他的房間，這孩子……後來幾乎都沒住過他的房間了，一個人在外面也不知道有沒有好好照顧自己——』

你的母親紅了眼睛哽咽著，而左勳緊緊的握著她的手，我則是別過頭去，努力著不讓眼淚滑落。

『對不起……』你的母親吸了吸鼻子，接著說：『這裡佈置得跟他以前的房間一樣，放的是後來我們找出來他的東西。』

我緩緩的走進這仍屬於你、而你卻不再有機會走進的房間，我眷戀的看著從前我也不曾進去過的你的房間。

你的母親取出了書架上那本畢業紀念冊交到我的手上，然後就默默的退出了。

我靜靜的翻閱著這畢業紀念冊，裡頭的空間是我熟悉的、我們曾經一起去過的，但那停格了的快樂時光卻是我全然陌生的：你那快樂的年輕臉龐，和我記憶中的你彷彿只是同名同姓的兩張臉。

看著你的笑臉，在我心中你的臉孔似乎慢慢也模糊了，我試著對照片裡的你笑了好幾次，但結果你卻都沒有理會我。

你靜止了。

『這裡有一本相本。』

我接過左動找到的那本完整收集你成長過程的相本，我們沉默的翻閱著。

首頁是你還包著尿布的泛黃照片，過了幾頁則是你穿著白襯衫藍短褲的小學時代，然後你進入叛逆期，呆呆的你、叛逆期時的你，接著是青澀的年代，而數量最多的，還是你最後求學的那時期。

令我印象最深刻的一張是你實習的照片，裡頭的人穿著各式的飯店制服，每個人都笑得那樣開心，而這幾個人又佔了這相本後面一半的篇幅，相本收藏的照片全是被你歸納為快樂的那一邊，裡頭沒有我。

你的快樂與我無關，每次一想到這點，我仍不免哀傷。

「我認識這個女孩。」

左動順著我手指的方向低頭望著照片中的年輕老闆娘，他好像想要說些什麼的樣子，但結果他還是沒說。

「你知道嗎左動？」

『嗯？』

「他從來沒有為我這樣笑過。」

沒有人為我這樣笑過。

最後我看到一張放大的照片，背後有各自的簽名，而且還用護貝好好保護著，看來是你最鍾愛的照片吧。

裡頭的五個人不斷的在最後的篇幅重複著，站在中間的那個女生頭向左偏靠在你的肩上，她笑得那樣淘氣，而你則是靦腆；至於我見過面的那位年輕老闆娘就站在你的左邊，最右邊還有一對模樣親密的小情侶。

但我看不出來你和那女生的關係。

她是你的誰？

——這麼說好了！一開始這咖啡館是我們五個好朋友的構想，但真正開始做的時候只剩下三個人了！而等到開張的時候卻只有我自己一個獨撐大局，只有我一個人耶。

——這張桌子是當初出錢的那位財主指定的專用位子哦！說是除了她之外就不准任何人碰的。

——沒關係啦！就是因為總覺得妳們長得很像才一直沒告訴妳而讓妳坐著的。

我怔怔的注視著那張照片好久。

『怎麼了?·看得這樣出神?·』

「和我像嗎?·這女生?·」

左勳仔細的看了看，他聳聳肩，他沒回答。

「你會不會覺得他們看起來好像情侶?」

指著她和你，我問。

『我不覺得。』

「這女孩後來不知道去哪了?」

『或許是跑到紐約結婚了吧。』

「嗯?」

『我開玩笑亂講的啦。』

一切都已經昭然若揭了?是嗎?

你一直沒告訴過我、你當初喜歡我的原因，正如同你也沒告訴過我，你最後選擇離開我的原因；我仔細的將你的過去全都看了一遍，卻怎麼也找不出來，找不出來原因。

你為什麼離開我?答案隨著你煙消雲散了。

沒辦法知道了，沒辦法了。

永遠沒辦法了。

永遠。

在離開前我冒昧的向你的母親要了那張放大的護貝照片，她雖然為難但終究還是答應，最後我忍不住想問她：

「這幾個朋友……有來參加告別式嗎？」

你的母親努力的回想著，最後指著那唯一的男生，說那是你從國中就認識的好朋友，所以他們只聯絡得到他，然後他帶著其中的兩個女生過來。

——我開始不認為那是騷擾電話了。

——會不會其實是他？

——誰？

——你們分手快三年那個呀！叫什麼名字來著？

——不是吧。

——哦，不過我最近倒是有聽說他的事情，妳知道小龍嗎？就是跟他認識十幾年那個，他最近也來英國了。

——他什麼事？

——哦……其實也沒什麼重要的啦。

我一直在錯過，是不是？

指著中間的那個女孩，我問：

「是她嗎？」

『不是，我沒見過她。』

「謝謝。」

你的母親怔怔的盯著我以及照片裡的她看了好一會，她好像想要說些什麼的樣子，但結果還是沉默。

離開你家之後，我們接著前往你的墓地，你長眠的地方；其實該為你高興的是不是？因為你終於能夠好好的睡覺了。

在途中，左勳忍不住擔心：

『妳還好嗎？』

「我覺得很生氣。」

『嗯？』

「我到底算是什麼呢？直到分手的時候我還是愛著他哦！不，分手之後我還是很愛很愛他哦！每天每天還是固執的認為他總是會再回來的哦！每次電話響起我還是第一個直覺打來的人是他哦！我甚至反覆不斷的偷偷練習再重逢再見面時該用什麼樣的眼神什麼樣的口氣甚至第一句話該說什麼哦！三年來的每一天都是哦！但我到底算是什麼呢？我甚至並不包括在他的回憶裡！」

『是因為他走得太突然了吧！』

「可是左勳，我覺得他用他的死亡傷害了我，我一直一直還在等他，我每天每天還是牽掛他，可是他居然已經死掉了！未免也太過分了吧！太過分了呀！怎麼可以這樣呢

「……」

『瑋薇……』

「到了。」

『嗯？』

「他睡覺的地方。」

末了，在為你上完香之後，我將那張照片一併燒了給你，這是我最後能為你做的事情了，我真的希望你能收到。

然後……然後從此你就真的再也與我無關了。

再也與我無關了！

永遠的。

「嘿！左勳。」

『嗯？』

「我想要離開一陣子可以嗎？」

『把自己想清楚嗎？』

搖搖頭，我說：

「我想要去過自己的生活了。」

『那我會很難過。』

「對不起。」

『我大概會難過一個月吧！』

忍不住我還是笑了，在微笑裡、我說：

「謝謝你左勳！真的，能夠遇到你真是太好了。」

真的，能夠遇見你們真是太好了。

「問你一個問題可以嗎？」

『好呀，雖然我並不一定會回答。』

「你會像我等他那樣的等我嗎？」

『我不會。』

「那就好。」

『因為妳不打算回來了嗎？』

「不是，因為那樣太辛苦了，你是這個世界上對我最好的人，我不希望你像我那樣辛苦。」

『想回來的時候隨時回來好嗎？』

「好。」

和左勳告別之後，我挑了一家陌生的咖啡館坐下，我只是想要和自己的悲傷靜靜的待一會，我想要好好的認識一下這個終於走了出來的，新我。這個新我一個人獨自待在咖啡館裡最角落的位子，不知道為了什麼竟就對著牆壁哭了出來。

終於，還是哭了。

咖啡館裡來往經過的人用一種不解的眼神偷偷打量著這個眼淚不停滑落的奇怪女生，但是沒有一個人走過來問我為什麼哭泣。

沒有人問我為什麼哭。

而我只是在想：不知道你現在在哪裡？但我希望你過得很好，我希望你能快樂。

之後，我沒再接過任何一通午夜的沉默電話。

第五章　都。過去了……

之二　左動

都過去了

死掉的人最討厭了。

我常想起瑋薇說的這句話，我總奇怪為什麼瑋薇（或許絕大多數的人亦然也不無可能）如此無法接受死亡？甚至是害怕。

難免我也問自己，當初是不是做錯了？直到我從韓國回來以後，在信箱裡發現瑋薇寄來的明信片時，才終於鬆了口氣。

給我最重要的朋友——左勳：

お元気ですか？私は元気です。

來到倫敦的第一件事情就是想要寫張明信片給你，差不多是行李一放下就馬上跑到街上去買張明信片的那種程度，不知道為什麼我就是想要這麼做。

相信嗎？我竟一個人下了飛機就獨自搭計程車按著地址去找了倩，感覺好像回到了小時候，連電話也不打的、就直接跑到同學家去按門鈴那樣，好懷念哦～～

過去我可是個連台北都踏不出去的傻蛋呢！不過我喜歡現在的我，託你的福，真的；因為遇見了你，所以我才能逐漸變成現在的這個我，懂我意思嗎？希望你懂。

。

倩覺得奇怪幹嘛不叫她去接機就好，其實我也說不上來為什麼，或許只是因為反正離開台灣的時候沒有人送機，所以到了反正也就沒需要被接機了吧！不要懷疑我就是在抱怨你，怎麼先走一步也不知會一聲呢？聽店裡的人說你回韓國去了，你這傢伙，總是比我搶先一步，算你狠。

不知不覺就寫了一大堆字，這張明信片快擠不下了，相信你看得很吃力吧！本來想乾脆換張信紙寫封信算了，不過總覺得旅行中還是寄明信片比較合適氣氛哪！

隨信附上在倫敦的第一張照片，旁邊那個笑得很做作的女人就是我常提起的學姐：倩。

再寫信給你。

Yours 瑋薇

From London

給我最重要的朋友……

給我最重要的……

朋友……

朋友。

怔怔的望著這張被字跡所塞滿的信息，我一會看著明信片，一會比對著照片，試著想像這些拉拉雜雜的字化為簡簡單單的：WE ARE MARRIED。不過怎麼就是很難辦到。

瑋薇和那女孩到底是完全不相同的兩個人吧！雖然長得真的好像。

吃力的讀完信（瑋薇的字很可愛，但是很難看得懂）之後，我獨自發了一會兒呆，本來是想回封信給瑋薇的，不過卻不知道該寫些什麼好，所以還是決定先抽根菸再說；然而當菸抽完了之後，原本想提筆寫信的心情卻也完全的消失殆盡了，索性就把這根菸蒂寄給瑋薇吧！只是這樣的做法會不會太詩意了？

答案是會。所以我並沒有這麼做，我畢竟是個再現實不過的男人。

我是我，我是左動，左動的左，左動的動。

把明信片塞回抽屜的最底層妥當收藏，而瑋薇那張笑得很開心的照片則放進皮夾裡，然後我前往我的咖啡館。

在途中，我不停不停的回想著這次回家時和左爸有過的那段對話：

「爸，說真的，你會恨媽媽的不告而別嗎？」

『如果用憎恨的態度來想的話會比較合情合理吧！但說真的我完全恨不了她。』

「那、會想她嗎？」

『慢慢的比較不會想了，不過真的很希望她過得好呀！是個很好的女人哪你媽媽，雖然確實是任性又我行我素了點，不過我就是喜歡那樣的她呀！』

「我在想呀……」

『嗯？』

「媽那時候會不會只是單純的想去過過自己的生活了？」

『怎麼突然這麼想？』

「這是一個女孩給我的感覺，當她對我說這句話的時候，不知道為什麼在那個當下我突然想起媽媽。」

『好像有點道理哦。』

「嗯。」

『我說小動呀。』

「什麼呀？」

『愛是知道什麼時候該放手。』

「你真這麼想嗎?還是只是老頭子在說漂亮話而已？」

『真的啦！因為不這麼想的話人生實在過不下去呀！』

「……」

『幹嘛哭呀！難看死了。』

「爸……」

『嗯？』

「你會害怕死亡嗎？」

『活著都不怕了，死了有什麼好怕的？』

「說的也是，有時候我真覺得我比較像你耶！嘖！不過還好我長得比較像媽媽。」

『呵！有空常回家啦！老頭子一個人怪孤單的。』

「有空來台灣啦！兒子現在也變成一個人了。」

微笑的望著我，好一會、左爸才又說：

『只要有老爸在的一天，你就不可能是一個人，知道嗎？』

「那你要活久一點啦。」

『呵！秋天過去了吧！』

「對呀！冬天來了呢。」

『明天可能會下雪哦。』

「爸，你是不是老年痴呆了？」

左爸開開心心的笑著，隔天醒來的時候，我看見那老頭子很吃力的給壁爐添木柴，不知道為什麼，那時候我突然很想好好的抱一下我的爸爸；於是我就給了左爸一個結結實實的擁抱，結果那老頭子直嚷嚷著噁心死了，不過卻沒有想要掙脫的意思。

『一大早的撒什麼嬌呀！幾歲的人了你。』

「爸爸就是用來撒嬌的呀！不然我搭那麼久飛機回來看你幹嘛？」

我們都很開心的笑著，笑得眼淚都掉了下來。

咖啡館——

來到咖啡館和晚班的店員交接完並且約定好了明天的火鍋聚會之後，我一個人環顧著這座現在只剩下我一個人的熟悉咖啡館，我把瑋薇的照片拿出來試著對她說話：

「喂！秋天過去了哦！」

……

瑋薇並沒有回答我。

這就叫作寂寞嗎？想說話的時候卻沒有人可以回應？

——我一直覺得那個人用徹底的改變傷害了我對她的感情。

——我覺得他用他的死亡傷害了我。

妳們為什麼都要用受傷的程度來衡量愛情的深度呢？

學不來《重慶森林》裡對著毛巾肥皂說話的梁朝偉索性學學裡頭的金城武，那個女朋友在愚人節向他提分手，於是決定一邊每天買一罐五月一號過期的鳳梨罐頭、一邊決定等到五月一號鳳梨罐頭都過期時，就接受那並不是個玩笑的寂寞警察。

不過我並沒有學他去買鳳梨罐頭來吃，因為我生平最討厭的水果就是鳳梨，我始終覺得鳳梨長得很邪惡，我學他做了一個決定，我決定我要愛上從現在起第一個走進這咖啡館的女人。

午夜前的十分鐘，我看見陌生人走進咖啡館裡。

我看見陌生人走進我的人生。

『你幹嘛把鐵門拉下來呀？』

這是她開口的第一句話。

「因為我作弊。」

『什麼作弊？』

「我想第一個走進來的女人是妳，而不是穿著雨衣戴著假髮和墨鏡的奇怪女人。」

『你真的很怪。』

「我知道。」

『怎麼去那麼久？』

「因為順便回家了一趟呀。」

『火星嗎？』

我們都笑了！沒有過去，沒有死亡，只是笑，只有笑。

凝望著陌生人，我決定問她一些很重要的問題：

「妳喜歡韓國嗎？」

『還可以。』

「妳怕冷嗎?討厭雪嗎?」

『不會，我討厭熱。』

「那可以幫我個忙嗎?」

『看情況。』

「我想把這咖啡館整修一遍，妳可以幫我這個忙並且來當它的女主人嗎?」

『你這是在追我嗎?』

「難不成這聽起來像是在找話聊而已嗎?」

『你難道不想問問去了紐約的她的事嗎?』

「都過去了不是嗎?」

『說的也是。』

「所以呢?可以請問芳名了嗎?」

『我叫小雪。』

「是個會幸福的名字哦。」

『因為有左勳一起嗎?』

「是呀。」

是呀。

THE END

第二部　過去

第一章　牽。引

之一　潘裕文

受過傷的人是完整的

我曾經有個妹妹。

每當我想到這件事情的時候，自己就會先混亂了起來。

首先，為什麼我要用過去式來表達關於我的妹妹呢？然而，如果用現在進行式的話又是否妥當呢？畢竟妹妹到底還算是我的妹妹，不，雖然嚴格說起來，妹妹也已經不再是我的妹妹了！那麼、試試現在完成式呢？不行不行，我又開始混亂了起來，再說，我從國中開始就拿英文文法沒轍。

我國小六年級才開始學英文。

我覺得很混亂，關於我有個妹妹的這件事情，會讓我感覺混亂的事情我從來就不會告訴任何人，於是我從來也沒有告訴過任何人關於我的妹妹這件事情，就算對象是妳也不例外。

從。來。沒。有。

但是不知道為什麼，當我獨自一個人在機場等待飛往紐約的班機時又想起了我的妹妹，而這一次，我不再感覺到混亂，我反而平靜；在平靜的同時，我接著又想起好像曾經聽誰提過這麼樣的一個說法：人在死前會想起他這一生的所有經過，就像是一部精采的電影預告那樣，一幕又一幕關於他這生所有經歷過的畫面會飛快的閃過他的腦海，然後——THE END。如果真是這樣的話，真不知道第一個閃過妳腦海的會是什麼畫面呢？肯定絕對不會是我吧！

只是我無法肯定的是，妳們倆究竟是誰在說謊呢？又或者這只是妳倆聯手起來開我玩笑嗎？妳們實在是太愛開我的玩笑了呀！妳們好像並不知道開玩笑也該有個限度的呀！

「我要生氣囉！」

找到妳之後，第一句話我就是要這樣告訴妳，然後是：

「請不要隨便開這種玩笑好嗎？妳知道從台灣到紐約的機票有多貴嗎？」

像妹妹從來就不會開我玩笑，儘管絕大多數的時候，我都以為妹妹是在開玩笑。

妹妹小我三歲，家裡就我們這兩個小孩，還有一個爸爸一個媽媽以及一個固定在早上八點到下午五點會來幫爸爸工作的人很好的叔叔。

小時候我們家是一棟租來的日式老舊平房（那是當時隻身來台中生活的年輕爸媽所唯一租得起的房子），老舊日式平房只有兩個房間（因為絕大部份的空間都是爸爸的簡易鐵工廠，養活我們一家四口、五個人的簡易鐵工廠），分別是爸媽的以及我和妹妹的房間，至於客廳裡只擺著媽媽的嫁妝、籐製桌椅一套（因為客廳太小了所以電視擺到爸媽的房裡去），於是爸媽的房間其實就是我們一家四口的客廳，最後是位於爸爸工作間盡頭的廁所，每次我都得陪著妹妹去廁所，因為她怕黑怕老鼠。

老舊日式平房在我國小六年級那年因為道路拓寬的關係被拆除，關於這件事情我是覺得有點可惜的，因為雖然它又老又舊，又黑又有老鼠，但它到底是一棟很有感情的房子，因為每次一下雨它就開始哭泣，每當那個時候我們總要靠著水桶臉盆來安慰它傷心的哭泣。

我是覺得有點可惜的、關於老舊日式平房被拆除了的這件事情，但爸媽倒是顯得很開心的樣子，我懷疑他們其實早就想搬家了，只是不好意思向房東開口而已（他們是那種買東西被多找了五塊錢、在竊喜之餘還是會良心不安到睡不著覺的老實人），因為他們很快的以相同的房租在對街租到一棟下雨天也不用安慰它的三樓透天厝，那是一棟小小的舊舊的沒感情的三樓透天厝，並且爸爸還順便結束了他的簡易鐵工廠跑去當別人的員工，因此我們也知道、爸爸實在不是一個自己當老闆的料，因為後來他的收入反而變得比較好了。

而這棟沒感情的三樓透天厝有三個房間，所以我終於可以結束和妹妹同床共寢的生活，因為妹妹的睡品很差，老是翻來覆去的，並且每天非得要我替她搔癢哄她睡覺才行；而客廳雖然依舊小但倒是足夠擺下我們的電視了，對此我的感覺是有點失落的，總覺得還是窩在爸媽床上時看的「鑽石舞台」怎麼說都比較精采；不過關於終於不用再陪著膽小鬼妹妹去上廁所的這件事情我個人倒是鬆了一口大氣，因為夜裡還要被吵醒帶她去廁所實在很累；只是妹妹對於這件事情則好像顯得不太開心的樣子，本來我以為她的難過是因為搬家於是鐵工廠結束而不得不和人很好的叔叔分離的緣故，然而往後回想起來我才感覺或許並不只是因為如此。

搬家的前一天，爸媽因為忙碌於處理變賣鐵工廠機具的事情，於是便教我帶著妹妹先到我們的新家打掃，我還記得當媽媽把新家鑰匙交到我手中的那個當下，我有一種自己是個值得信賴的大人那般的成就感；當然我也是變成大人之後才知道成為所謂的大人並不是什麼值得高興的事情，只是當還是孩子時的我們並不能真實理解到這點。

因為告別童年真的是一件很令人感傷的事情。

那天我左手緊握著鑰匙而右手則牽著妹妹，我們來到對街的這棟新家開始準備我們的新未來。

鑰匙插入，轉動，大門開啟，我興奮的扮演起房室仲介員的角色，很是驕傲向扮演客人的妹妹介紹起我們的新家。

「這是客廳，電視要擺那裡，媽媽還說如果爸爸的機器賣到好價錢的話要買沙發哦！」

『那我可以在上面跳舞嗎？』

「不行啦！那樣子沙發好像會跳壞。」

接著我牽起妹妹的小手繼續往裡頭走去。

「這是爸爸媽媽的房間，看，有個大衣櫃哦！」

『那可以在裡面玩躲貓貓嗎？』

「不行啦！媽媽會生氣。」

這句話實在很沒有說服力，因為媽媽從來就不是那種會生氣的個性，於是妹妹甩開了我的手，一個人很高興的就躲到了大衣櫃裡頭。

『哥哥來找我！哥哥！』

「出來啦！我要生氣囉！」

這句話也是個敗筆，因為我的個性像媽媽，我這輩子甚至好像從來沒有生氣過的樣子；不過妹妹倒是乖乖的就出來了，那時的臉上盡是心滿意足的天真笑容、像個天使那樣，那時候的妹妹，真像個天使。

接著我們又看了廚房和浴室，還有在那之前我們只在學校看到過的樓梯。

「妳以後就要開始自己一個人上廁所囉！」

站在浴室前我自認為像個稱職的兄長那般、要妹妹也像我一樣感受到長大的驕傲，但結果妹妹卻是癟著嘴巴，不知道在鬧什麼彆扭；妹妹常常沒來由的鬧彆扭，我那時很擔心她以後會因此而嫁不出去，我想妹妹如果嫁不出去的話她應該會很傷心，因為她真的很愛扮演新娘的角色，每次被妹妹強迫和鄰居們玩辦家家酒的時候，她總是固執著要扮演我的新娘。

固執的妹妹，我其實從來沒有了解過的妹妹。

『哥哥，那我們的房間在哪裡？』

上樓，我們來到二樓我們的房間，分開的房間。

「妳要哪一間，我讓妳先選。」

『我要和哥哥睡一間。』

「妹妹，我們有兩個房間了，幹嘛還要睡在一起？」

『可是人家怕黑嘛！』

「那開燈睡就好啦！不過好像很浪費電哦。」

『人家就是不要一個人睡啦！』

「妹妹！」

『不管啦！人家不要和哥哥分開啦！』

安撫不下妹妹，我只好轉移她的注意力，要她去拿掃把說我們得開始打掃了，結果妹妹一副快要哭出來的表情、氣呼呼的跑開，我等了好久都不見她回來，沒辦法只好自己默默的打掃起房子來；等到黃昏時爸媽也回家了，一問之下才知道原來妹妹也沒有回到老舊日式平房。

我們一直找呀找的卻怎麼也找不到妹妹，原本預定全家人要出外吃牛肉麵慶祝搬家的計畫也被耽擱，我們並不生氣，我們只是擔心。

因為妹妹的個性是出了名的拗。

後來我們終於在爸媽的大衣櫃裡找到妹妹，原來是妹妹氣跑之後把自己藏在衣櫃裡躲著哭泣，沒想到就這樣呆呆的睡著了，我那時候以為哭泣是一件相當花費力氣的事情，所以妹妹才會躲在衣櫃裡哭到睡著，然而長大後每當回想到這件事情的時候，我卻有了另一種不同的想法；我覺得等待比哭泣更花費力氣，而當時獨自一個人躲在黑漆漆的衣櫃裡的妹妹，或許並不只是單純的哭泣，還有那麼大的一個部份是在等待我去找她出來——哥哥來找我！哥哥——而當時的我卻只忙著打掃房子，因為媽媽要我打掃房子。

我從來就是一個聽話的小孩，而妹妹則很明顯的並不是。

妹妹拗起來的固執害我們錯過了外出吃牛肉麵的慶祝，於是我們搬進新家的第一頓晚餐變成是泡麵，不過並沒有人怪她，因為每個人都忙著安慰她。

『那以後我要嫁給哥哥，這樣我就可以一直和哥哥睡在一起了。』

恢復心情後的妹妹還說了這麼一句話，不過我們都當她只是孩子氣的玩笑，甚至爸爸還鬧她：

『長大後不嫁給爸爸呀？』

『不要！我只要當哥哥的新娘子！我就是只要哥哥！』

我們還是笑。

孩子氣的妹妹，天使般純真可愛的妹妹。

天使般的妹妹後來怎麼了？

天使般的妹妹後來長大了，在我國中那年。

國中時我進入發育期，我的身高急速抽高，我的第二性徵也逐漸明顯，我開始意識到男女有別的這件事情，於是我不再允許妹妹賴在我的床上同我入睡，也不再洗澡時讓妹妹進來上廁所，不再答應替妹妹搔背哄著她睡，不再陪妹妹玩辦家家酒讓她當我的新娘，不再……我並不是變得討厭妹妹，我只是覺得我們都該長大了，不該再那麼形影不離的相互依賴。

只是我並沒有想到這樣或許會讓妹妹感覺受傷。

妹妹變得很不快樂。

不快樂的天使。

天使拒絕上國中。

我不確定那只是單純的因為在妹妹進入國中也是我離開那裡的同時（國小時妹妹習慣在下課跑來教室找我），又或者是在妹妹的潛意識裡認為、就是國中這東西拉開了我們之間的距離；妹妹討厭國中，那是妹妹在我們家引發的第一場革命，妹妹不肯上國中。

革命的最後妹妹輸了，她心不甘情不願的升上國中並且迎接她的發育期；妹妹開始變得沉默寡言，妹妹沒有必要不肯開口說話，我們都很擔心這樣的妹妹，因為妹妹越來越明顯的封閉自我，封閉的妹妹不再哭泣也不再鬧彆扭，妹妹只是習慣性的把自己藏在爸媽的大衣櫃裡。

妹妹把自己封閉起來，我隱約感覺到在她那小小的腦袋小小的身體裡像是包含了什麼巨大的煩惱，然而爸媽、親戚們卻都只當那是成長的必然經過。

『那個年紀的小孩就是那樣嘛！』

大人們都這麼說，但他們都不知道該怎麼幫這樣的妹妹，他們只能焦急，他們於是祈禱，他們真心誠意的燒香拜佛祈求神明幫助妹妹儘快走出來，但誰也想不到、他們真心誠意祈求幫助的神明竟要帶走妹妹。

妹妹說要出家。

那是妹妹升國三的那年，妹妹已經長大到躲不進衣櫃裡了，躲不進衣櫃裡的妹妹在一次突然的離家歸來時，宣告了她的第二次革命，她說要出家。

而這次，妹妹贏了。

我們簡直嚇壞了，我們都慌了手腳，我們哭得傷心，我們哭到心力交瘁了卻依舊改變不了妹妹的決定，因為妹妹趁著半夜自己偷偷溜出了這個家，什麼也沒帶走的，就留了一張紙條，要我們別擔心她，要我們好好照顧自己。

等到我們花費了好大的力氣終於找到妹妹時，她人已經在禪寺裡剃度為尼了，我們的身分在她面前一律只是施主；當時爸爸難過得痛哭失聲，而媽媽則是幾乎暈厥，那我呢？我有點忘了，只記得數不清是第幾次我們上山苦勸妹妹回來，然而得到的回答卻是千篇一律的：我在這裡覺得很平靜，請成全我的選擇。

但那次例外，最後那次，我獨自上山去勸妹妹那次。

『哥。』

我當時懷疑自己有沒有聽錯，但是當我轉身一看、那確實是出自於妹妹的嘴裡，妹妹走到我的身邊，臉上的表情是我曾經熟悉的、那天使般的笑容。

『如果再有來世，我真希望不要只是你的妹妹。』

「妹妹……」

我當時很想說些什麼，說些什麼：妳理光頭其實還滿可愛的。或者是：要和她們好好相處哦。要不然：希望這裡不要又黑又有老鼠哦。都好，但結果我卻是哽咽得什麼也說不出口。

當妹妹換回平靜微笑的同時，我的眼淚滑落。

那是我最後一次聽到妹妹喊我：哥。
那是我最後一次見到妹妹。
從此後我們不再打擾妹妹。

愛是成全。這是我們從妹妹的身上學會的最大道理。

第一章 牽。引

之二 小糖

受過傷的人是危險的

我常在心底描繪一幅我稱之為幸福的生活景象。

早晨我會烤好吐司熱了起司泡杯咖啡然後用吻喚醒（好像有點矯情的舉止，不過我就是喜歡這樣）我的男人（是一個會陪我一起變老的男人，在正常的情況下他會被稱之為我的老公），然後我們一同吃完早餐之後，我會走到門口目送他去上班（會有Kiss Goodbye的那種目送），接著我把餐桌收拾杯盤洗了然後就去睡覺，睡在仍殘留他的餘溫他的體味的我們的床上。

到了下午一點左右我起床，梳洗完畢之後我會走一段路到和朋友共同經營的咖啡館裡去喝一杯咖啡抽幾根香菸（因為我的男人將會溫情的要我戒菸，在他面前，為了他也為了我自己）和朋友說一整個下午的話；而我們的咖啡館將會有一張屬於我自己的桌子，那張桌子會擺在最靠近廚房的那個角落，是那種任何人都不能接近不能佔據的我的桌子，這樣一來當他們生意忙碌的時候我便可以一個人坐在那抽菸喝咖啡寫作。

到了黃昏時候我便起身回家，一邊把我們的房子簡單打掃一邊等著我的男人下班回家，然後我們會一同外出晚餐，有時候是上熱門的館子有時候是路邊的攤子，回家之後我們會共同入浴，接著我們會並肩坐在沙發上看著電視閒聊天，我的腿通常會擱在他的腿上，而他的手則在我的身體游移，然後我們調情做愛，有時候激烈有時候溫柔，不管是從哪裡開始最後我們一定回到床上，等到我的男人睏了倦了沉沉睡去之後，我會貪戀的凝望他的睡臉，然後滿足的起身到廚房的餐桌上面開始寫作。

只是，這樣的生活，我連一天也未曾生活過。

而這被我稱之為幸福生活的憧憬我只告訴過一個男人，他聽了之後問了我這樣的一個問題：

『在廚房寫作？為什麼不是在書房呢？臥室也可以呀。』

「因為我就是喜歡在廚房寫作的感覺呀。」

『那電腦呢？擺在瓦斯爐上面嗎？』

「當然是擺在餐桌上呀！而且是面向窗戶的那個方向。」

『小傻蛋。』

男人給了我一個寵愛的微笑，然後擁我入懷，教這個話題就這樣草率的被結束。

「我真的好想好想和你過那樣的生活嘛。」

當時我好像這麼說了，在他懷裡，然而我的聲音卻太微弱，微弱到連自己都快要聽不見。

我最想對他說的話，微弱到連自己都聽不見。

我常想像媽媽要是聽了我的這番想法，肯定是會氣得把我登報作廢。

媽媽厭惡所有軟弱無用的女人，媽媽一輩子都在爭一口氣，媽媽總是氣呼呼的樣子，我不明白媽媽為什麼老是在生氣。

氣呼呼的媽媽，這是我對她的最初記憶。

小時候我是跟著爺姥長大的，在屏東的眷村裡，對於爸爸的印象是照片裡那個模樣帥氣時髦的男人，對於媽媽的印象則是源自於爺姥的嘴裡：那個留不住男人的勢利眼。兩老總是這麼說，並且口徑一致。

那時候我並不知道勢利眼是什麼意思，不過我知道爺姥非常的討厭我的媽媽；那時候我並不知道為什麼爺姥那麼討厭我的媽媽，不過後來我當然知道為什麼了。

媽媽實在是一個很難親近很難相處的女人，真是可惜她長了一副那麼姣好的外表；雖然不論在誰看來媽媽都是一個精明幹練的美麗女人，是那種雜誌上、電視裡會出現的美麗女強人，簡直就像是用同一種材料同一款模型生產出來的那種美麗女強人，強悍、並且不服輸。

只可惜媽媽這輩子總是栽在男人手裡。

媽媽看不清男人。

第一個教媽媽嚐到苦頭的男人就是我的親生父親，小時候我見過那個人幾次面，長大後倒是一次也沒有，我好像沒有和他說過話，倒是聽說過他不少的風流韻事，都是從媽媽的口中聽來的；媽媽一直恨他卻也一直不放棄探聽他的所有消息，直到那個人終於離開了台灣徹底的失去了消息為止。我搞不懂媽媽到底是太愛他了還是太恨他了，又或者媽媽只是氣自己，愛上那個男人、並且恨得放不開。

聽說媽媽懷我的時候曾經發生過一次車禍，是差點就要因此而流產了的那種程度，當她一個人躺在病床上擔心受怕的同時，那個人正和別的年輕女孩在別的地方快活著，後來甚至就失了消息；帶走了媽媽所有的財產，只留下我，給媽媽。

那個人希望帶走的財產裡並不包括我；他的女兒，我。

『又不是我一個人的小孩，我幹嘛要自己養她？』

媽媽好像留下了這麼一句話，然後獨自搭上前往香港的飛機投靠她的朋友，去展開她自己的新人生，留下那個人的欠債和她的傷心在台灣置之不理，順便也把我留在屏東的眷村和爺爺姥姥完成我的童年。

真瀟灑。

直到現在我依舊不確定那句話的真實程度：又不是我一個人的小孩，我幹什麼要自己養她。一方面我懷疑那是爺爺姥姥為了讓我加入憎恨媽媽的行列所憑空捏造的謊言，可另一方面我卻也害怕、如果當初媽媽真的那麼說了、我該怎麼辦呢？我如何能面對呢？

不論是當時仍是孩子的我、又或者已經長大成人的我。

都不想要知道。

說說那兩個老好人。

如果可以用顏色簡單說明的話，那麼我的童年是粉紅色；那是一種狀態，我所指的這粉紅色。

小時候我總是讓爺爺親吻著起床，要是一睜開眼沒看到那張笑嘻嘻的老臉蛋出現在我面前喊我一聲小寶貝的話，我肯定是會扯開喉嚨哭得整個眷村騷動不已，驚天動地的那種哭法，簡直像是受了什麼天大的委屈那樣，但實際上只是醒來一睜開眼沒見著爺爺，這樣而已。爺爺喜歡我對他的過分依賴、以及任性驕縱，姥姥也是；他們慶幸我並不如媽媽那樣不懂撒嬌，或者應該說是不肯。

母親從來就不肯撒嬌、示弱。

姥姥一直替我洗澡直到國小畢業，還有餵我吃飯這個習慣亦然，他們把我視為公主般的對待，教我以為別人對我的侍候是理所當然的事。

這一部份的性格雖然隨著往後的生活經歷而有所遞減，但卻不曾消失。

我自己知道我是怎麼樣的一個人。

小時候的我習慣用眼淚解決所有的不開心，因為我知道只要一哭了，自然有人會替我解決所有的不開心；你會不會也覺得小孩子的心眼其實是最壞的？因為他們心眼壞得那麼真，並且不修飾。

我很討厭小孩子。

小時候我最常做的事就是哭著跑回家把我在學校裡受到的委屈一股腦的丟給爺爺，我總是要爺爺拿槍替我斃了那些惹我哭泣的人；而當然爺爺總是抱著哄我：好好好，哪個混帳欺負我的糖糖我就斃了哪個！

當然爺爺並不可能真正去斃了他們的，再說爺爺隨著國民黨逃難到台灣時從家鄉帶來的那把長步槍早就已經生鏽了；但他當真會到學校去大聲教訓那些壞人，有時候姥姥也會湊上一腳，就算有時候做錯事的人是我他們也不管。

他們不要我受到丁點的委屈，他們要我快樂。

在別人看來他們可能是蠻不講理的老頑固，但在我看來他們是世界上最可愛的老好人，再沒有人像他們那樣無私的包容我的任性，並且不求回報。

他們是我的守護天使。

我的守護天使在我國小畢業的那天難過得哭了，因為他們眼中的壞女人突然出現並且說要帶我走。

『叫媽媽。』

這是媽媽開口對我說的第一句話，當時我抬頭看著這時髦美麗的女人時，心裡頭一方面覺得害怕、因為她看起來實在好兇，都不笑；可另一方面卻又暗自竊喜，原來我的媽媽真如我想像中的那樣美麗，就像我從電視上看過的那些明星一樣，就像我在學校裡告訴其他小朋友的那般美麗。

很虛榮對不對？所以我很討厭小孩子，他們把人性的醜惡表現得那樣自然，或者應該說是理所當然。

『怎麼把小孩養得這麼胖呀？我可不要我的女兒是個白白胖胖的鄉下小孩。』

這是媽媽的第二句話，然後他們三個大人就吵了起來，當時姥姥把我拉進房間裡抱著我直哭，留下爺和媽媽在客廳裡大聲爭執，依舊是驚動了整個眷村的那種騷動，只是這次的主角不再是我了。

這麼說好像對也不對。

隨便。

那時候的我很奇怪眼前這個一開口就要我叫她媽媽的美麗女人為什麼總是一副氣呼呼的模樣？但其實我真正感覺奇怪的是：為什麼往後的我在別人看來竟是如此神似媽媽在我眼中的模樣？

在爺姥哭了的那天，我知道，我的童年結束了。

第二天媽媽又來了一次，只不過這次她身邊多了一個穿著西裝的男人，那個男人長什麼樣子叫什麼名字我已經忘得差不多了，只記得他髮油抹得真多，還有，那個偶爾會帶著新阿姨來看看我給我糖吃的男人實在比他稱頭多了。

這個模樣實在不怎麼討喜的男人倒是成功的替媽媽要回我，我不知道他使了什麼手段用了什麼方法，只知道那天他們四個大人出門談了好久，回來時爺哽咽著問我想跟媽媽一起生活還是留下來陪他們？

「如果跟了媽媽的話，我還可以回來這裡嗎？」

結果我這麼反問爺，我好像說錯話了、當時，因為爺姥聽了之後哭得好傷心，而媽媽則是笑了；那是我第一次看見媽媽笑，我不知道媽媽是高興要回了我、又或者只是單純的高興她贏了。

我於是被媽媽帶去香港，和那個髮油男；當時的感受更深了，關於童年結束了的這個覺悟，因為所有的衣物媽媽一概的替我決定丟棄。

『土死了，到了香港我買更漂亮的衣服給妳。』媽媽說，媽媽還說：『可不想我的女兒是個帶不上街的土包子。』

於是見證著我童年的唯一線索僅剩下離開台灣時我懷裡抱著的那維尼小熊。

但媽媽當時並沒有告訴我那個髮油男後來會變成我的 uncle。

媽媽實在是個很勢利眼的現實女人，所以我才更覺得奇怪她怎麼會想要嫁給那個髮油男？

相較之下他們的婚禮實在是稱頭多了！唯一美中不足的大概就是我的參與吧、我想；髮油男認為我不應該出席，而媽媽卻堅持我的參與，她說我的女兒這麼漂亮有什麼好見不得人？（當時在媽媽嚴格的監視下我已經變成了名副其實的瘦子，而她卻認為那樣不過剛好而已。）最後還是媽媽贏了，當然我所指的最後是這場婚禮的最後，而非這段婚姻的最後。

『我發誓絕對要比妳爸爸過得更好！』

婚禮那天在新娘房時媽媽這麼告訴我，而當我再度想起媽媽的這句話時，是聽說媽媽生了個小男孩的那時候，而當時我人在英國讀高中；我從來沒有親眼見過我的弟弟，聽說我的弟弟在還沒學會走路的時候就讓 uncle 帶著去了澳洲順便也和媽媽離了婚。

我不是很清楚他們離婚的真正原因，只是斷斷續續的聽說他們時常爭吵，當我知道他們還是離婚了的時候並沒有太多的感觸，我總覺得那是早晚的事，因為媽媽配那樣的醜子 uncle 實在是糟蹋了她。

而其實我本來是不願意去英國的，我實在煩透了一再的告別，一再的重新適應，一再的飛行，我恨透了搭飛機，我不懂為什麼一缸子的人都熱衷於旅行，他們難道不覺得很累嗎？

『妳還有什麼好抱怨的！妳知道多少人羨慕妳的人生嗎？』

媽媽說。

「是嗎?妳倒是舉例看看有誰羨慕我的人生。」

本來我是很想這麼回嘴的，但是結果我並沒有，因為我知道要是真這麼說了的話，肯定會把媽媽氣到瘋掉，因為媽媽實在是太容易生氣了，而且我真的有點怕媽媽，我從來不敢反抗她，我於是只膽怯的說：

「可是我不敢一個人生活，又是在那麼遠的地方。」

『我可不想要一個沒有出息的女兒。』

媽媽又說。

於是我的意見被駁回，就這樣，我去了英國。

第二章　相。遇

之一　潘裕文

人為什麼要堅強？

我曾經暗戀一個女孩暗戀了好久，她的名字叫作小雪。

小雪和我是國小同學，雖然我始終不知道她家住在哪裡（小雪不跟我們排路隊回家，總是等著她的訓導主任爸爸下班一起回家），不過我們倒也奇蹟似的當了六年的同班同學（儘管這六年當中我們交談過的話恐怕還不超過六句），但每次一回想起這件事情時，我總是會感覺到驚訝得不得了；關於我暗戀一個女孩那麼多年，然而在同班的六年當中，和她說過的話還不超過六句的這件事情。

不過，那是在認識妳之前，認識妳之後，我開始懷疑有什麼事情能驚訝得了我。

我常在想是不是每個小學生班上總會有這麼樣一個小公主似的女孩。

她通常會是班上小朋友（搞不好還包括老師們也不一定）公認／默認最漂亮的女生，通常她會留著一頭美麗的長髮，穿戴整齊漂亮的洋裝，總是不會忘記要帶手帕衛生紙給老師檢查（而且不像我們真的只用作檢查），並且她的成績總是固定會在前三名（考到第三名對她而言或許還是打擊）；她通常會是班長，而且經常代表班上參加比賽（演講、書法、查字典……好像她一生下來就什麼都拿手的那種感覺），並且她會彈鋼琴還說得一口流利的英文；老師們都會特別喜歡她，而女生們雖然嫉妒她但另一方面卻又以身為她的好朋友為榮，至於男生們則是明戀暗戀她。

那時候的小雪就是這樣的一個小女生。

在我們的記憶裡，小雪除了身為這樣的一個小女生之外，最常被討論的，恐怕還是賴子對她的追求。

賴子姓賴，不過我們叫他作賴子的原因是在他國小三年級那年長了癩皮頭，於是賴子媽索性從此給他理光頭；光頭賴子在我們那群小鬼頭裡面發育得特早熟，他不但特高大並且特壯（不過有次國中時我陪媽媽上菜市場遇到他在幫賴子爸賣豬肉，那時候的賴子卻只到我的肩膀高，倒是體格依舊壯碩），發育特別早熟的賴子是個教老師們頭疼的搗蛋王，搗蛋王賴子特喜歡捉弄班上的小朋友（不分男女的，關於男女平等的這個理念賴子也特早熟），喜歡把班上小朋友捉弄到哭出來的賴子卻唯獨不敢欺負小雪。

因為賴子明戀小雪，賴子明戀小雪的程度差不多可以說是到了全校皆知的那樣。

喜歡小雪的賴子用盡了各種方法卻依舊得不到小雪的芳心，最後無計可施的賴子只好以十塊錢的代價（相當於當時兩包乖乖的價錢、我兩天的零用錢）問了小雪的弟弟希望能得到有利的情報，結果小雪的弟弟所認為有利的情報是：姐姐是個討厭鬼，她對我都兇巴巴的，才不是你們以為的那樣。小雪的弟弟給了這樣的情報然後開開心心的拿了十塊錢去買了兩包乖乖；而平白損失兩包乖乖卻依舊扭轉不了情勢的賴子大嘴巴的把這情報一傳十十傳百的說了出去，結果小雪在班上氣到哭了出來，於是我們才會知道原來美夢一般的小公主也是會有眼淚的。

那是當時我們對小雪最後的話題，在國小六年級那年，因為之後的同學會她從來沒有出現過。

而這樣的一個小女生長大後通常都會變醜變笨變胖變土，變得老古板變得不起眼變得乏善可陳變得乏人問津，變得教那些曾經明戀暗戀過她的小男生們感覺懊惜不勝唏噓並且打死不想承認，這是我們共同的心得觀察以及偏見。

略微幸災樂禍並且有點復仇心理的偏見。

然而小雪卻推翻了我的偏見。

如果不是高職時又再度和她同班的話，我想我可能不會認為那是偏見，關於小公主長大後都會變成老處女的這件事情。

『嘿！阿文。』

這是再度重逢時小雪對我說的第一句話，當時我簡直小鹿亂撞兼又驚又喜，並不是因為她還記得我的名字，而是因為小雪變得比我記憶中更加美麗動人，那時候的小雪可以說是大多數男生都會為之傾心的清秀佳人型女孩。

但是在那個當下我卻是傻楞楞的盯著她一句話也說不出來，並不是因為我害羞矜持，而是我當時有一種很奇怪的感覺——眼前的這個小雪有什麼地方不太對勁。

她的眼神。

往後細細回想我才發覺，當時的小雪眼底有一股奇異的不安感，並且整個人明顯的神經質，那樣的小雪非常容易讓周遭的人感覺緊張、不自覺的；不知道是不是因為這個原因，於是在高職那三年我幾乎可以說是小雪唯一的朋友。

不過我想應該不止如此。

『沒想到會在這裡遇見老同學耶。』

這是小雪的第二句話。

我想我大概明白她的意思。

國小畢業後小雪並沒有如同我們班上大多數的人選擇我們附近的國中就讀，聽說她的訓導主任爸爸把她送到一所頂尖的明星國中，明星國中的升學班，明星國中升學班的前三名，這就是我們聽說中的小雪，我們認識的小雪。

對於小雪，我們從來都只是聽說。

而那樣的小雪，怎麼會淪落（淪落是針對小雪而言，對我則是再正常不過的事情，以我那樣的成績來說）到和我考上同樣一所高職？她應該是穿著綠色制服接著考上台大最後變成醫生律師……這類的菁英份子才是呀！

那才是她那樣的一個人該過的人生不是嗎？

「會不會覺得很寂寞呀？班上沒有一個熟悉的國中同學。」

當我們變成朋友（一天說的話多過國小六年的總數）之後，有次我這樣問她。

『倒是還好，反正我和國中同學都不熟。』

結果小雪這麼回答。

而當時我們並肩坐在回家的公車上，對於搭公車的小雪我是感覺有點意外的，因為直到當時我對她的記憶仍舊是停留在放學等著讓爸爸開車送回家的小雪。

『因為他要接我弟弟呀，我們家很重男輕女的，搞不好家裡就我弟一個孩子他們反而開心點。』

很明顯的，小雪和她的弟弟感情很差。

『沒出息的敗家子，我最討厭他了。』

小雪總是這麼說她弟弟。

接著我們很自然的又聊起了賴子拿十塊錢賄賂她弟弟的那段往事，當時的小雪已經不再哭泣，她反而能笑談當時。

『說真的我也不知道為什麼那時候會在班上哭出來耶。』

「難堪吧！被弟弟扯後腿說壞話，而且拿到十塊錢的人還是他不是妳。」

我試著幽默的說，而結果小雪很配合的笑著，又說：

『但也可能只是藉機哭泣吧。』

「什麼意思？」

『因為一直很不快樂呀！在那樣一個不被重視的家庭裡，但卻又一直沒什麼機會哭，本來嘛！在誰看來都很ＯＫ的小孩怎麼會不快樂呢是不是？但真的就是不快樂嘛！而且呀總不能莫名其妙的就哭了吧！會被當成神經病吧我想。』

「好像是哦。」

『有時候我真羨慕你們男生，好自由。』

小雪沒頭沒腦的說。

『欸！我們在前面那站下車好不好？』

「吭？」

『那裡有一家不錯的茶店喏！我請你喝茶。』

「唔……」

於是小雪拉了下車鈴，我們提早下站，跟在她的身後來到這家茶店，感覺和她很不相稱的一家陰暗茶店。

『一直就想找機會再來呀！可是一個人來又怪怪的。』

「妳以前常來呀？」

『嗯，國中的時候只要能出門我就會來這裡，因為有個朋友在這裡打工，是最好的那種朋友哦。』

很熟練似的點了百香紅茶（她要我也點一樣的百香紅茶）之後，小雪開始展開了漫長的談話，在別人看來那會比較像是單方面的自言自語，不過我還是很高興她把我當成一個傾訴的朋友對待；雖然那個時候的我依舊暗戀著她，依舊想要的不只是她的一個能夠傾訴的朋友而已。

「是妳男朋友嗎？」

捉住一個難得的空檔，忍不住我這樣問。

儘管在當時只談過一次戀愛（國中時的班上同學，不過畢業之後就無疾而終了，什麼原因理由也不需要的那種自然分手法），不過當時小雪提起那個朋友的口吻給我的感覺就像是正聊起戀人那般。

『不是啦！她是女的耶！』

小雪笑著說，笑著時的小雪彷彿令這陰暗的喪氣的喫茶店因此也變得明亮起來了。

『好可惜呀！那麼好的一個人為什麼卻死掉了呢。』

於是我才知道那就是小雪考砸了聯考的原因。

小雪和那個好朋友在聯考前的一個月出了車禍，當時那位好朋友看小雪給聯考壓得透不過氣來，於是提議找天蹺課（星期日算蹺課？）騎車帶她散心紓解壓力，結果卻在途中發生車禍，對方原來只是擦撞到她們，但卻一時緊張的誤把油門當成煞車，於是小雪的朋友就這麼活生生被壓死在車子和電線桿當中，而至於飛出車外的小雪則幸運的躲過死亡。

這麼說對嗎？

「眼睜睜看著朋友死掉，那種感覺……」

眼淚滑落，我凝望著哭泣的小雪，不知道該怎麼安慰她，除了輕輕握上她顫抖的手。

就像是一支家裡大門的鑰匙那樣，出門旅行時因為害怕遺失所以還是把它塞進旅行箱的某個角落裡，雖然明知道它還在身邊，但怎麼就是很難找到，雖然它確實就在身邊。

而那天在喫茶店裡小雪哭了之後那個下午，之於我就像是那把旅行時帶著的家裡大門鑰匙一樣，我試了好幾次卻怎麼就是想不起來我們之後說了什麼？做了什麼？我再怎麼努力但就是很難想起；而奇怪的是，在機場廣播響起之際，我突然清楚的想起了那把鑰匙、那個遺失了的記憶片段——在小雪哭了之後的那天下午，我們什麼也沒說什麼也沒做，除了安靜的相互陪伴。

旅程開始了。

尋找答案的旅程，尋找妳的旅程。

開

始

。

第二章　相。遇

之二　小糖

惹我哭泣的人哪！卻從來沒看過我的眼淚。

你有沒有聽過這麼一回事？說是胎兒在子宮內的時候其實就已經有感受有表情了，好像是用3D技術什麼的吧！我不是記得很清楚，但總之就是這麼一回事。

我曾經看過那樣的照片，那是一張胎兒在母體內微笑著的照片，好溫暖的感覺哪那照片，我好羨慕那個寶寶哪！好羨慕。

我懷疑當我還是他的那個時候就已經偷偷哭泣了，真的我不是在開玩笑。真的。

我經常莫名其妙的想要哭泣哦，在獨處時。

那是一種心理上的情境，我指的這孤獨，而非單純的只是一個人的狀態。

每當一個人的時候腦子裡那些亂糟糟的回憶就會跑出來惹我哭泣，我好像有點欠缺獨處的能力；但問題是絕大多數的時候我總是感覺孤單，就算是在人多的場合亦然，就算是身邊有要好的朋友陪伴時亦然，就算是在大笑之後，亦然。

朋友常說我笑起來甜似糖的很具魅力，但問題是我並不常笑，我真的不是很快樂，我羨慕那些臉上總是堆滿笑容的人，我不是那種人，我覺得有點遺憾，關於這點，還有我這個人，以及很多的事情。

不過在英國的那三年我倒是一次也沒有哭過，每次當我回想到這一點時、自己都會覺得不可思議。

我的感覺像是從深沉的睡眠之中甦醒過來，在英國；我感覺到前所未有的自由以及解脫，在英國我變成了往後別人眼中的我的模樣。

至今我仍不確定當初母親堅持要我去英國的決定是不是錯了，但可以確定的是，在英國讀高中的那三年生活，我過得非常快活，非常。

越墮落越快樂。

把我教會抽菸的是一個來自日本的女孩、薰，她是我的第一個室友。

『Sugar，妳抽菸的姿態一定很迷人。』薰說。

『Sugar，妳喝酒嗎？妳該試試的。』這是 Gary 說的。

Gary 是一個來自德國的男孩，金髮碧眼的，很是帥氣的一個大男孩；Gary 喜歡我喝到微醺時就放肆撒嬌的模樣，不過後來我們並沒有像彼此以為的那樣成為情人，我們只是喝醉時互相撒嬌偶爾親吻的普通朋友，我常在想那是不是因為 Gary 年紀比我小的關係？不知道為什麼，一直我所交往的對象年紀一貫的都比我大，當然我指的是生理上的年紀而非心理上的人格成熟狀態，但我並不認為這樣就代表我有戀父情結的傾向。

『Sugar，妳真的是第一次跳舞嗎？妳跳舞的時候真是性感極了。』

同樣是台灣人不過卻在美國出生成長當時則是來到英國念大學的 Dan 這麼說，我們在一起的時候總是抽菸跳舞喝酒，偶爾我看著他以毒品換取虛幻的快樂，那是我唯一同情他的時候。

『我要活到二十五歲，然後死掉。』

Dan常如此說道，以一副得意洋洋的表情；雖然我不知道那有什麼好得意的。

後來Dan成了我初夜的男人，在他時髦個性卻突兀地在天花板張貼台灣國旗的單人套房裡，那是我升高二那年的暑假；我覺得糟透了，關於我的初夜，無論是當時和Dan在床上的感覺，又或者之後他的不告而別。

我記得當我得知Dan的消失時，那天晚上和同學到夜店去喝得爛醉；跳舞時我被一個紅頭髮的男人摟著親吻到掉了耳環，那是Dan送給我的第一個禮物，Tiffany的鑽石耳環，隔天醒來當我知道這件事情的時候，我發現我對於失去耳環的心痛遠大於失去Dan，於是我才知道、原來我並沒有自己想像中的那麼愛他。

後來斷斷續續的也談了幾次戀愛，但最後穩定下來的是一個叫作Peter的男人，我們的共通點是都喜歡抽菸喝酒泡夜店但堅持不碰毒品，並且我們都來自台灣，還有，我們都認識Dan；從他的口中我才知道原來Dan已經回去了美國，聽說是因為毒品惹了些什麼麻煩的、最後被他那高知識份子的爸媽領回去了美國親自管教。

和Peter的這份感情一直維持到我高中畢業時接到媽媽的電話通知我回家為止。當我把這個消息告訴Peter的時候，他顯得很為難的樣子，Peter說他已經申請到了碩士學位，他不想半途而廢，他沒有把握遠距離的愛情能不能夠維持……Peter說了很多，而我只是淡淡的笑著說：

「Maybe we can keep in touch.」

然而實際情形是，分開之後，我們誰也沒有主動聯絡誰。

台灣——

回到久違的台灣，在機場等待媽媽接機的同時，我第一件做的事情就是馬上找了公共電話撥給爺姥，獨自對著聽筒聽著那端傳來兩老爭執著搶電話的熱鬧，不知怎麼的、眼淚竟就掉了下來。

『這麼大人了還哭什麼哭！丟臉死了。』

尖細卻力道十足的熟悉聲音在我身邊響起，我知道，是媽媽來接我了。

『這是陳伯伯。』

媽媽又說。

這才發現她身後還站了個臉上堆滿笑容的矮小男人，當下我的第一個念頭是——不會吧！本來我還以為髮油男是我見過最醜的男人了——但顯然我錯得厲害。

在回家的車上我接著知道這個媽媽的現任情人甚至還結了婚，而他的妻小都在美國，我想媽媽之所以會選了這樣一個男人為伴的原因除了他很富有之外，大概就是他有獨特的本事能和媽媽相處十分鐘以上而不會想要離開。

媽媽越來越暴躁了，這是回來之後我對於她的唯一感覺。

當時我隱約猜測她會不會是患了躁鬱症？但當然這只是我單方面的臆測而已，因為我除非是瘋了才敢直接向她求證，再說我想媽媽也不會承認吧！媽媽認為生病是件丟臉的事情，生病代表一個人的脆弱；媽媽只承認她富有、她的美容事業經營得有聲有色、她老得台灣大陸香港三地飛奔，她忙得不得了、她可不寂寞、她身邊從來就不缺男人——

「妳不會嫁給陳伯伯吧？」

趁著母親叨絮的空檔，我趕忙問了這個緊要的問題、在她看來心情還算不錯的時候。

『少蠢了！我失敗了兩次還不夠給人看笑話呀！』

結果媽媽這樣回答，接著開始向服務生抱怨咖啡的溫度不對、水杯裡的檸檬果粒不夠新鮮、刀叉給的不對、盤子收得不夠迅速、怎麼搞的主廚今天是不是休假為什麼醬汁嚐起來都不對味道……而當時我們母女倆在遠企晚餐，那是回台灣之後媽媽唯一一次同我吃飯。

和媽媽吃飯是一件相當累人的事，除了得忍受她的滿腹牢騷（我懷疑這世界上有什麼事情能夠讓她滿意的？）並且得小心翼翼的不讓她發現我的菸癮之外，連我選擇的菜色她通常都很有意見。

『窮醜鬼呀妳！吃日本料理還拿什麼壽司茶碗蒸！糟蹋了我帶妳上這麼貴的館子。』有次媽媽曾這樣扯開嗓門大聲斥責我，當著所有認識以及不認識的人的面，她總讓我感覺到我在她面前永遠沒可能及格。

『喜歡這樣的飯店嗎？』媽媽又問。當我挑了提拉米蘇當餐後甜點、一邊思考著提拉米蘇不知道合不合她的意時。

「還不賴呀。」

『那去學旅館經營怎麼樣？挺光鮮亮麗的，妳陳伯伯說那間學校不錯，好像是難考了些，但我想妳應該沒問題。』

接著媽媽遞給我一份學校簡介，我看了看那學校位在高雄，心想這樣一來既不用和媽媽同住又可以離爺姥近些，於是也沒多想的就答應了。

很奇怪的感覺，當我拿著錄取通知單給媽媽看的那個當下，突然想起在香港讀書的那個時候，有次我演講比賽拿了第一名，開心的想第一個讓她知道、可卻又拿捏不好時機，我於是放學回家之後把獎狀擱在客廳的桌上，心想這樣一來媽媽看了或許會主動誇讚我一番；我也不是要她獎賞我什麼，我真的只是希望能夠聽到她親口對我說：我以妳這個女兒為榮。

真的只是這樣而已。

但結果實際情形是，當媽媽看見了那被我刻意擱在桌上的獎狀時，她沒有讚美我，她反而生氣我東西亂擱、沒家教、不像話……這類的。我很傷心，坦白說媽媽一直不經意的傷害著我，可到頭來我還是愛她，我常感覺到自己像是可憐的小狗那樣搖著尾巴乞求著她的認同、關心，直到我們兩個人都覺得好累了為止。

所以當媽媽主動說要開車送我去學校的時候，我簡直受寵若驚，是的，受寵若驚。

那天的媽媽很奇怪，她心情好得反常，一坐上駕駛座就話興很好的說個不停，但其實在車上她說的話一直不著邊際又欠缺邏輯，常常這個話題說到了一半接著卻又突兀的轉到了下個話題去，有時候還會重複她不久之前才說過的話，當時我想或許那就是她躁鬱症發作的模樣吧。

坦白說面對那樣的媽媽我既是高興也是害怕，不過高興還是多了那麼一些，我很高興媽媽把我當成一個傾訴的對象，雖然她對於我從來只是傾訴而不傾聽。

大概是到了台中左右吧！媽媽突然沉默了很久，最後才說：

『聽說妳爸好像死了。』

「Uncle？」

搖搖頭媽媽又說：

『大陸的一個朋友告訴我的，誰曉得真的假的，死了倒好！那種人渣！活著我還嫌他浪費空氣咧！不過妳想他會不會是聽說我還在找他就孬得裝死騙人？』

然後媽媽笑了，又哭又笑的媽媽，我不害怕，我心疼。

那是死亡這件事情第一次出現在我的生命。

在高雄的那兩年我曾經回屏東探過爺姥好幾次，但同爺姥證實那個人是不是確實死了的這件事情，卻是一次也沒有過。

不知道為什麼我並不想要知道。

或許只是因為那個人在我心中早就已經和死了沒什麼兩樣吧、我想。

第三章　眼。淚

之一　潘裕文

妳像夏天只愛自己

起飛。

找到靠窗的狹小座位（本來還猶豫著想買商務艙的，畢竟這是我第一次的單獨旅行，但結果想想還是算了）坐定之後，我開始思考起關於重逢的這件事情；是從和小雪第一次的重逢之後開始的嗎？我認真的感覺到所謂的人生不過就是一連串的重逢。

而我只是在想，當飛機落地之後，我真能找到妳、和妳再度重逢嗎？真能證明小雪從頭到尾都只是在騙我嗎？又或者騙我的人其實是妳呢？

不要開這種玩笑呀！很貴的、從台灣到紐約的機票。

妳們——

不論從各方面而言，小雪確確實實都算是改變了我一生的女孩，儘管我們從來沒有相戀過，儘管所有我們共同的朋友都以為我和小雪最終能夠從朋友變成情人。

包括妳。

我是在遇見妳之後才終於結束了對於小雪長久以來單方面的暗戀，雖然這件事情我從來就沒有告訴過任何人，畢竟所有會讓我感覺到混亂的事情，我從來就不會輕易啟齒；於是關於妳、以及小雪，對於妳們兩人前後有過的感情，我從來就不曾道出口，儘管我好像曾經有過那麼一個恰當的時機、當妳告訴我妳要離開的那個當下。

像是「要不要陪我一起蹺課？」那樣的無心邀約，在高三那年的某一天，小雪突然對我提起那間餐飲學院的名字，接著她要我下課後陪她去補習班報名，就這樣，我平淡無奇的人生從那個平淡無奇的日子裡開始急轉彎，轉往我所意想不到的方向去。

那天我莫名其妙的跟著小雪也報了名順便決定了往後的人生，雖然英文是那學校入學考試的絕大關鍵，雖然我的英文從來就沒有及格過，雖然聽著補習班的櫃檯小姐解說了半天、我還是搞不懂所謂「專業餐飲從業人員」和端盤子的有什麼不一樣……雖然有這麼多的雖然，但我依舊是報了名補了習，因為我只想繼續和小雪在一起，能和小雪繼續在同一個校園裡共同生活著，那該是多麼美好的畫面呀！

當時的我，真的是這麼想著的。

因為小雪，我的人生轉往當時的我所無法想像的方向去，因為小雪，我的人生展開了一連串的重逢，從那個平淡到我幾乎沒有任何印象的日子開始。

因為小雪。

我遇見了妳。

在補習班裡我和小龍重逢。

小龍是我國中時的好哥兒們，只不過後來我們考上了不同的高職，而現在，我們重逢在補習班裡；在補習班的那段日子裡，我們三個人成天混在一起，我們一起上課一起蹺課一起吃飯一起陪小雪看遍所有的電影，並且，我們也一起暗戀小雪。

小龍經常在背後放話說等到他和小雪考上那學校之後（他始終認為我考不上）他要做的第一件事情就是對小雪告白，坦白說關於這件事情我是完全性的不擔心的，因為我心想小龍反正也考不上，再說就算真讓他給矇上了，我想小雪也不會接受他的告白吧！為什麼我有把握？因為我了解小雪。

儘管往後我才發覺，那其實只是我的以為，關於了解小雪的這件事情。

更正確的說法應該是，我所了解的小雪，是在遇見妳之前的小雪，而至於遇見妳之後的小雪，我，一無所知。

那麼，我又了解過妳嗎？我想我知道答案。

然而實際情形是，最後小雪獨自考上那學校，至於我和小龍，則淪落到基隆去；關於三個人的組合後來則變成了五個人，又或者應該說是，變成另一段三個人的友情。

只是不管三個或者五個，我和小雪永遠都是固定班底，一樣的我、不一樣的小雪。

感覺就像是高三那個平淡無奇的下午、小雪問我要不要陪她去補習班報名那樣，在決定實習飯店之前的某個平淡日子，我突然接到分開後幾乎可以說是失去了聯絡的小雪的電話；在電話裡小雪很興奮的（我記得就算是她接到那學校的錄取通知時也沒見過她那麼興奮過）告訴我、她已經決定好了實習的飯店，那是台中最高級的飯店；關於這件事情我一直覺得很奇怪，因為之前的小雪原來是堅持非台北的飯店不選的。

而小雪是我見過最堅持到底的人。

『你呢?·決定了嗎?』

「希望能和妳一樣囉。」

結果我這麼回答，然後和小龍非常努力的終於也得到了那間飯店的實習機會，我們都非常興奮，關於三個人終於又再度重逢的這件事情；只是等到和小雪再度重逢之後，我發現實際上的興奮程度遠遠低於我的想像——小雪變了——完全性的那種改變。

有次我曾和小龍提起這件事情，結果他說了這麼樣的話：

『還是一樣美呀!·只是美得沒有自己了。』

我覺得小龍說得很對。

首先，小雪剪去了她一直以來的長直髮，並且穿著打扮談吐行為思考模式也全然不同於以往，小雪甚至開始抽菸（我沒忘記過去的小雪有多麼的討厭菸味，因為她討厭的弟弟抽菸）；起初我一直很難理解為什麼小雪會變成另個人似的——新的小雪，我所陌生的小雪——直到我遇見了妳之後，才恍然明白。

小雪讓自己變成了她所看見的，妳的樣子。

小糖小糖小糖，當我們進入到這家高級飯店實習之後，所聽到最多的名字就是妳，但當我真正認識妳這個人的時候，卻已經是一個月以後的事情了。

因為小雪。

我沒見過像妳這麼矛盾的女生，妳的表情總是冷漠，但笑起來卻又甜蜜似糖。

妳總是一副氣呼呼超級難相處的樣子，妳甚至是我見過最急躁最缺乏耐心的第一名，但其實真正了解妳之後，便可明白脆弱才是妳的本質，而幾乎霸道的堅強則是妳的武裝；妳好像看似什麼都已經擁有，妳過著令人羨慕的人生經歷，但妳卻說妳總是寂寞，妳說妳的狀態是空虛；妳的外表新潮時髦，然而妳最鍾愛的一首歌，卻是現在在市面上、網路上再也搜尋不著的，娃娃金智娟的，〈沒有季節的愛情〉。

『找了好久都找不到欸！簡直就像是這首歌從來沒有存在過那樣呀！』

有一次妳這麼對我說，那是妳對我最深入聊過那個人的時候。

關於妳和那個人共同經歷過的事情妳從來就不會對我具體說明，但是妳卻把妳的內心世界開放於我，妳把對於那個人的感情開放於我。

其實小糖妳知道嗎？後來我還是找到了這首歌，在我們家塵封已久的大紙箱裡找到的，是那種已經過時了的錄音帶，連歌詞都還妥善保存著，我想像要是妳知道了、該會有多開心哪！

妳還在找這首歌嗎小糖？

這首歌原來我一直就擁有，只是我一直不知道，我一直不知道我擁有，只是我一直不知道我擁有的，是妳曾經對我有過的悸動（好想說成是愛情呀！但我可以嗎？）又或者是妳對於那個人、在這首歌裡的心情？

小小的台灣島已經遠離了，而我正在旅行當中。我正在尋找妳的旅途中，帶著這捲錄音帶，連同妳最鍾愛的那張我們五人的合照，我要帶去送給妳。

娃娃金智娟的，〈沒有季節的愛情〉。

此刻　窗外那麼冷　窗內那麼暖
我在水珠上寫下你的姓名
向街上行人宣告一段隱密的愛情
差點走入永恆的情境
一回頭你的名字　原來已消失無形
愛與不愛　只是一冷一熱之間的事情

作詞／林夕　作曲／羅大佑

想起這首歌的時候，我試著想學這歌詞在窗上寫下妳的名字，然而卻怎麼也很難辨到，沒辦法呀！飛機裡的空氣到底太乾燥了！

難怪妳討厭飛行，因為乾燥的空氣總是令人想要哭泣。

打開隨身攜帶的背包，是要再次確認這捲錄音帶並沒有被遺漏。

還好，它就擱在妳寄來的那張明信片旁邊。

然而我這才發現，那張妳最鍾愛的我們五人合照，被遺忘在家裡的相本上了。

算了吧！等我先找到妳再說。

不要再開這種玩笑了小糖！

很貴的。

很累的。

很傷的。

第三章　眼。淚

之二　小糖

我於是用身體記憶你

『男人不過是多了陰莖的動物。』

有一次小雪曾經說過這樣的一句話，沒頭沒腦的。

「所以說女人不過是少了陰莖的動物囉。」

當時我想也沒想的就這麼回答她，結果小雪以一種很奇異的眼神望著我，表情像是在生什麼悶氣（小雪會生氣？）似的不再說話，我始終不知道小雪腦子裡到底裝著什麼，儘管我們共同朝夕相處了那麼長的一段日子（很佩服她真的，能和我這樣一個難相處的人朝夕生活了那麼久）。

當時小雪那抹奇異的眼神彷彿一直停留在我心底的最深處，停格了似的。

很奇怪的感覺，不再和小雪（或者應該說是所有的人）聯絡的這段日子裡，我最常想起小雪的，是她當時那抹奇異的眼神，而不是小雪的笑。

小雪是我見過擁有最溫暖笑容的人，是能夠把人心都給暖到呼呼的那種溫暖笑容，小雪的笑。然而仔細回想，這樣的一個小雪，我記憶中的小雪，卻好像從來沒有喜歡過任何一個男人，甚至可以說是對於男人——不過是多了陰莖的動物——還帶有那麼一點排斥的潛意識在。

唯獨潘裕文。

我（或許不只我也不一定）一直以為他們兩人最終是能夠從朋友變成情人的，畢竟兩個人在各方面都是那麼相稱的一對，只是我沒想到最後——所謂的最後——他們依舊沒有相戀；只是我沒想到，到了最後、所謂的最後，愛上潘裕文的人，卻好像是我。

我說的是好像。

當他聽說我要離開，當他來找我，當我以為他會留下我的那一瞬間，我好像真的愛上他了。

而我只是在想，這次潘裕文還能找到我嗎？沒辦法了吧！因為藏起來了，我把自己。

在這最後的最後。

怎麼樣才能稱之為一段愛情呢？本來我以為自己再清楚不過，但是遇見了潘裕文、遇見了潘裕文之後，我沒有把握。

多了陰莖的動物，男人。

少了陰莖的動物，女人。

男人與女人，多與少之間，永恆的死結。

我曾經看到過這麼一段文字：能夠愛一個人愛到向他拿錢，是種嚴格的考驗。

直到這段日子真正讀到《流言》這本書時，我才終於知道這句話是出自於張愛玲的筆下，並且她書寫這句話的對象是母親而非情人；我一直就很喜歡張愛玲，我讀遍了所有關於她的報導關於她的文字，但是不知道為什麼，我一直就沒讀過她的小說，我想我喜歡的或許是她所代表的形象：華麗的滄桑。

或許還有她最後處理自己的態度。

能夠愛一個人愛到向他拿錢，是種嚴格的考驗。

如果拿這件事情考驗我對於媽媽的愛，那麼、我愛我的媽媽嗎？我不知道，我從來沒伸手跟她拿過錢，媽媽給了我一個戶頭，裡面的數字多到不讓我有向她伸手要錢的機會，我覺得很可笑，她對於女兒的去向不聞不問，甚至在我把自己藏起來的這段日子裡，她就是連找也沒試著找的（不，或許她有試圖找過，但我不知道），卻只是不斷不斷的把錢匯進戶頭裡。

她究竟是想炫耀又或者只是傷害我？

過去我一直沒有辦法理解，為什麼媽媽會那樣丟臉（是的丟臉，在我看來是種丟臉沒錯）的愛著那個人，雖然她始終否認到底，她說她只是恨他，但確實在我看來、她刻意的否認完全性的是種變相的承認。

那是媽媽唯一的軟弱，關於對於那個人丟臉的愛情。

我一直無法理解、媽媽那毫無道理到幾乎丟臉的愛情，直到我遇見了他。

我對於他的愛情在別人看來（或許還不超過五個吧！這所謂的別人！好感傷哪還是，每次一想起這點）就如同在我眼中媽媽之於那個人，那樣耽溺到丟臉的愛情吧！

能夠愛一個人愛到不介意在他面前失態，是種嚴格的考驗。

我總在距離我們學校最近的那咖啡館裡寫作。

那裡有特別不起眼的外表招牌，特別柔軟的沙發座椅，特別古老的英文歌曲，特別冷漠的櫃檯老闆，特別好喝的卡布奇諾，和特別冷清的營業狀況。

我總是挑了最靠近廚房的那個位置坐下，然後一個人伴著香菸卡布奇諾英文老歌，一方面讓心情慢慢平靜下來，才開始伏在桌面上攤開紙筆安靜的親筆書寫；也說不上來是出自於什麼樣的固執，但確實不在那裡、不伏在那張桌上，我就是無法將腦子裡那些已經成形的故事書寫成為文字。

是在那樣一家特別也不特別的咖啡館裡，他穿著黑色毛衣出現我的眼前，走進我的生命，要走我的愛情，問也不問一聲。

而時令是冬。

我常以為我們最初的畫面就宛如慾望城市裡的 Big 到咖啡館裡找到 Carrie 的那幕一般，我們的愛情也宛如 Big 與 Carrie 那般——死結。只是他並非 Big 而我也不是 Carrie，只是 Big 與 Carrie 在幾度分合之後終於 Happy Ending，而我們卻只有 End。

在這最後的最後。

打從最初他的姿態就是侵略。

他首先侵略我所習慣的老位子，他侵略我每個星期唯一安靜獨處的週日午后，他侵略這家我將它視為最自己的咖啡館。

他接著侵略我手機裡的通話記錄，他侵略我的生活我的愛情我的身體我的靈魂我的寂寞我的午夜我的思緒我的理智我的每分每秒；他甚至侵入我的文字，儘管他從來沒有閱讀過那些我為他所書寫下來的文字。

字字都見血的痛。

我怎忍教他目睹？

他給過我的每個畫面、記憶片段我都無法自已想要書寫，將它們寫成文字化為小說然後交到你的手上，印成鉛字溶入紙漿裝釘成冊出版為書，讓它們永恆的被固定。

直到你提醒我，我的文字已經變成一種慣性的重複，我才恍然我原來已病入膏肓，那個男人對我而言是毒，而我，戒不了。

他恰到好處的符合我所想要的形象，簡直可以說是為了那個形象所量身打造而出現的那種程度；他身體的高度，肩膀的厚度，肚皮的寬度，雙腿的長度……笑時眼角那細小的皺紋……就是連他的缺點也不例外，甚至我懷疑，他的那些缺點正是牢牢捉住我的初衷。

沒有人像他那樣教我 Lost 過。

我失去了過去處理愛情的一貫冷靜，我失去了速度我失去控制，我失去我自己。

我經常凝望著鏡子裡我的身體，想起他手指的觸感。

我曾經試圖想說服自己，之所以會愛著他的原因不過是貪戀他所給予我那彷彿瀕死的高潮，但後來我明白那只是單方面的自欺欺人，因為我們都心知肚明的是，我們契合的，不只是身體，還有靈魂。

或許應該說是寂寞。

太不正確的寂寞。

我不明白為什麼他的一個眼神就能融化我的堅強，他的軟言幾句就能褪去我的生氣，我喜歡他哄小孩似的哄我，我喜歡他愛女人似的愛我，我喜歡他待男人似的待我；我喜歡有時是他的女人有時是他的朋友，我喜歡有時似他的母親有時似他的孩子，我喜歡他把平時隱藏的一面開放於我，只開放給我，我甚至喜歡在夜裡接到他酒後的電話說他真的寂寞，我沒見過有人可以寂寞得那樣理直氣壯。

他給我天堂也給我地獄，我的情緒完全掌控在他的手裡，那樣很危險我自己也知道，可沒辦法，我們的愛情從一開始就是危險，但怎麼辦呢?我們就是相遇了相愛了也努力過嘗試著結束吧分手吧！但是沒有辦法呀！我們都中毒了，我們的愛情彷彿一種毒物，而那毒物的名字叫作耽溺。

我們一再一再的重複，重複某一種的錯誤。

耽溺於淪陷的錯誤。
愛到中毒的錯誤。

在他面前我一直就失態。
幾乎無恥的歡愉是失態。
瀕死高潮的臉孔是失態。
過份強烈的愛恨是失態。
我們一直就失態，在彼此面前。
我們並且都失去。

我看透了我的看不透。
我看透了他的身體他的靈魂，我看不透我們以失去的理智所完成的愛情。
他過著富足卻空虛的人生，他的身邊不缺乏人可他的寂寞是種深根的無底洞，他說他從來就不知道該追求什麼，他說他這輩子唯一認真追求過的是和我的愛情，他認真追求可他卻不願改變自己。
他擁有年輕的身體卻早衰的靈魂，他擁有早衰的靈魂卻任性的孩子氣，他矛盾。
他不滿他的被放縱，他只好放縱他的不滿。

我們都貪哪！

貪歡貪愛貪慾貪玩。

我們也耽。

耽歡耽愛耽慾耽玩。

我們都溺了。

我喜歡這城市裡所有高級飯店夜店都有我們的痕跡我們的氣味，我喜歡在煙霧裡酒精中相互失控的失態，我們消耗大量的香菸酒精咖啡以及體液來證明我們的愛情；我喜歡他太不正確的生活態度，我甚至沒有辦法不去喜歡我們幾乎沒有未來的愛情，我沒有辦法不去喜歡我們爭吵過後的和好，和好過後的爭吵，正如同我那些因他而生的文字，變成一種慣性的重複，一種膏肓的病入。

直到我們都累了為止。

直到我終於選擇離開那座城前為止。

我們都認為那是再正確不過的選擇，雖然我們從來就不是正確的人。

他從不要求我留下正如同我從不要求他離開。

我們以為我們離得開，但其實我們早已經都迷了路。

我們為什麼要愛得那麼累？

第四章　記。憶

之一　潘裕文

妳什麼都懂，就是不懂快樂

『如果給你十分鐘的時間談談關於你這個人，首先你會想起的是什麼？』

這是妳正式開口對我說的第一句話，而當時我們下班和小雪一起吃麻辣鍋，其實應該說是我和妳們吃麻辣鍋，因為我是被小雪硬拉著去的。

我其實不敢吃辣。

我搞不懂為什麼小雪那天堅持非要我也去不可，不，其實我知道為什麼，因為小雪不忍心我落單。

進入飯店實習之後，小龍和我們的學姐小萍很不可思議的從在學校裡互看不順眼的直屬學姐弟到了這飯店實習時卻變成了愛得死去活來的熱戀情侶。

為什麼我會知道他們愛得死去活來？因為那陣子我和小龍住宿在他姑姑的房子裡（距離我們實習飯店只消五分鐘路程的免費好地方）而他姑姑家的隔音實在他媽的有夠差。

至於小雪則繼續保持著和妳形影不離的好姐妹距離（我猜測這或許是小雪改變她選擇實習飯店的初衷，因為妳），於是，我落單。

對於從來就只耳聞妳的名字到終於有機會和本人的妳面對面吃我其實不敢吃的麻辣鍋的這件事情其實我是很緊張的，沒辦法，在真正認識妳之前，我（其實不只有我）一直感覺到妳所給人的感覺是高貴的女獅子，就算只是在午后慵懶的打個呵欠，也有一種令人不敢靠近的餘威。

然而出乎於我意料之外的是，這麻辣鍋吃的氣氛相當熱絡，但這所謂的熱絡嚴格說來應該是妳和小雪，還有我和小雪。

這熱絡的氣氛直到小雪離席去廁所（後來我才知道原來小雪只要一吃麻辣鍋就會瀉肚子）突然轉變成了尷尬；就是在這誰也不知道該怎麼打破的尷尬當中，妳問了我這麼一句話；如果給你十分鐘的時間談談關於你這個人，首先你會想起的是什麼？

妳正式開口對我說的第一句話。

「呀？」

而這是我的反應，坦白說我對於這個反應感覺到相當的緊張並且害怕，當時就算妳聽了之後把整個麻辣鍋往我臉上丟來我想我也不會覺得奇怪。

畢竟妳的壞脾氣幾乎可以說是有口皆碑的。

但奇怪的是妳並沒有，妳只是夾了一塊鴨血，繼續又說：

『哦，怎麼小雪沒問過你這個問題哦。』

「呀？」

第二個反應，本來我緊張得要命，以為到了這地步妳差不多就會被我給惹毛了，但顯然那天妳老大心情特好似的，因為妳繼續又夾了一堆金針菇（妳的食量和妳的清瘦實在教人很難聯想），繼續又說：

『我快被小雪的這個問題煩死了，她沒事就問呀問的。』

「那妳怎麼回答？」

謝天謝地，總算是比較有意義一點的回應。

『我懶得回答她。』

結果妳這麼回答，嘴角漾起一抹不經意的微笑，那不經意的笑感染了我，令我全身放鬆了似的，跟著也笑。

『你的眼睛很漂亮。』

「呀？」

我的老天爺！我可不可以不要再像個白痴一樣了！

『可惜教你的眼鏡給糟蹋了，你可不可以不要戴眼鏡？』

於是隔天我就配了隱形眼鏡，雖然如此一來我麻煩死了得每天清洗並且定期消毒搞不好三不五時還弄丟搞破的……但是不知道為什麼，我就是不由自主的會聽妳的話。

我想我只是有點怕妳。

有很長的一段時間，我一直以為，怕一個人其實就是在乎對方的表現。

而那次的麻辣鍋之夜（辣到我嘴都腫了）彷彿一個關鍵點似的，妳對於我這個視若無睹的小小實習生開始能夠熱切的談話，雖然妳的每句話在我聽來都像是命令句似的。

例如：

『把眼鏡拿掉了呀！那頭髮順便也剪一下比較好。』

然後我就剪了頭髮。

『不錯嘛！再染一下好了，要亞麻黃哦。』

然後我就染了。

『變成帥哥囉現在，不過你的衣著品味可不可以改改呀！這樣吧我明天休假陪你去買衣服。』

「可是我明天沒休假呀。」

『……』

「我知道了，我調假就是了。」

硬著頭皮調假陪妳去逛街買衣服（結果妳買的比我還多，妳好像和錢過不去似的）時，妳才好像突然想到似的，問：

『所以呢，你到底叫什麼名字呀？』

嘖！

「阿文。」

『全名啦。』

「潘裕文。」

『喂！潘裕文，你看這件黑色毛衣好不好看？』

指著櫥窗，妳問。

「好看呀！只是我買不起。」

然後妳就拉著我進去試穿，試穿的結果是太大，不過妳依舊執意買下送我，在等候結帳的時候又說：

『你太瘦了！得多吃點才行。』

「我還想減肥哩。」

沒理會我，妳自顧著又問：

『喂！潘裕文你多高？』

「男人的身高就像女人的體重一樣，祕密。」

自以為幽默似的我說了這麼一句，但結果妳連配合笑一下也懶的，又重複了一次：

『我四十公斤，潘裕文你多高？』

「一八〇。」

其實是一八〇點五。

『一八〇呀……』妳若有所思似的呢喃：『還不夠，你得再胖個三五公斤才行。』

接著妳把那件昂貴的黑色毛衣交到我的手上，開開心心的說：

『走吧潘裕文！我們去吃胖個三五公斤。』

潘裕文潘裕文潘裕文，妳總是連名帶姓的喊我名字，起初我一直習慣不來，但後來我才知道，那或許是妳表現親密的一種方式。

我說的是或許。

但為什麼四個人裡頭妳唯獨只喊我全名呢？

『因為潘裕文喊起來順口呀！而且阿文難聽死了，我才叫不出口咧。』

「……」

潘裕文潘裕文潘裕文……和妳相遇的這半年來，我的回憶裡滿滿的都是妳的：喂！潘裕文！

『喂！潘裕文！你們睡了沒？』

「還沒呀。」

不過差不多準備要睡了，只不過每次接到妳的電話之後，我們就會知道差不多得做好天亮才能睡的心理準備了。

『那好，我買了麻辣鍋待會去你們家吃，叫小龍現在給我出去買半打啤酒回來。』

「又是麻辣鍋哦？」

『什麼意見嗎？』

「哪敢有意見呀。」

然後妳會開開心心的笑著，我發現妳好像很喜歡聽我說這句話，而妳更喜歡的是，每天（幾乎是每天）下班後買了各式各樣的宵夜（幾乎是麻辣鍋）到我們這來製造混亂（一堆垃圾廚餘空酒瓶和妳們塞滿的菸灰缸）後，留下我和小龍辛辛苦苦的打掃（小萍是一喝了酒就會跑去睡覺的那種人）就輕輕鬆鬆的開車載著小雪離開。

「奇怪為什麼妳吃這麼多卻還是瘦呀？」

有一次我忍不住這樣問妳。

『可能是菸抽多了吧！誰曉得。』

「妳為什麼想抽菸呀？」

『腦子亂糟糟的時候就會想要抽菸哪！習慣了。』

「為什麼腦子會亂糟糟的呀？」

『因為想哭哪！』

「咦？」

『你知道嗎？夜裡一個人的時候我總是躲在棉被裡偷哭哦！不要告訴別人喏要不你就完蛋了。』

「好啦！」瞥了妳一眼，我決定冒死一問：「但為什麼要偷哭呀？」

『因為不知道有誰可以收留我的眼淚呀。』

妳答非所問。

妳明知道我問的是什麼。

妳明知道。

妳明知道我對妳的感情。

妳明知道。

「會不會是眼淚的關係?」

『啥?』

「因為眼淚也有重量呀!所以妳老是偷偷哭泣的話，才會不管再怎麼吃卻還是瘦吧。」

然後妳怔怔的望著我，眼淚，滑落。

我始終不知道當時的妳為什麼在那個當下會突然的哭泣，但我知道的是，原來妳的哭泣是安靜且無聲，那安靜的淚淌進我的心底，鎖住了我對妳的感情。

不知道是過了多久之後，妳燃起一根香菸，抽。

妳微笑問道:『喂!潘裕文，你會不會打菸波?』

妳說知道我不抽菸，但那晚妳真的好想找人打菸波，妳還說一個人抽菸很孤獨。

我不忍心妳孤獨，所以我開始陪妳抽菸。

我抽妳抽的菸。

往後每當我獨自抽著菸的時候，我總會想起妳的孤獨，還有妳嘴唇的柔軟，以及妳哭過之後、寶石般清亮的雙眼。

我一直很努力的回想，但是卻怎麼也無法確定那幕彷彿電影長鏡頭的畫面究竟是在怎麼樣的時空場合下發生的，是什麼樣的時空場合下讓我能夠看見妳的眼淚，能夠讓我擁有和妳獨處的機會，並且，感受妳嘴唇的柔軟？

然而此時此刻，當班機抵達西雅圖休息轉機的這個當下，我想起來了：那天是妳的生日。

『喂！潘裕文！』

「小龍他們已經睡了哦。」

『十分鐘後我去接你們，敢讓我等就試看看。』

「幹嘛呀？」

『去海邊放鞭炮呀！』

「呀？」

『再過十分鐘就是我的生日囉！十分鐘哦！』

掛上電話之後我火速去敲了小龍他們的門，說明這個緊急狀況之後，還不忘把那顆媽媽帶來給我的大西瓜抱了出門。

『你帶顆西瓜出門幹嘛呀？』

「太突然了呀！只想到這個給妳當生日禮物呀！」

『吭？』

「而且我媽說今年的西瓜很甜哦。」

然後妳笑。

對了！那晚的妳一直笑呀笑的！至於那顆西瓜則因為沒有帶西瓜刀所以原封不動的放在妳的後車廂裡（本來嘛！有誰會隨身攜帶西瓜刀嗎？又不是暴走族畢竟）；妳喝了很多酒放了很多沖天炮，妳甚至對著大海吼了很多只有妳自己知道的話。

而最後是小龍開車回來的，因為妳簡直醉得失態，妳甚至就待在我們家裡怎麼也不肯回去妳乾媽家（沒記錯的話那應該是妳乾媽吧！）。

『算了讓她休息一下好了。』

小雪當時這麼打圓場，但臉上的表情不知道是冷漠還是疲憊，那天的小雪不太像平常的小雪，接著她要小龍送她回家，就只留下我和妳，獨處。

我慢慢的餵妳咖啡喝，慢慢的幫妳拍背按摩，我甚至還把手指伸進妳喉嚨裡替妳催吐，就這樣，妳才終於慢慢的恢復清醒，然後我們慢慢的慢慢的聊著，聊妳的消瘦、聊妳的眼淚、聊……

從那之後妳開始每天夜裡給我打電話，有時候妳清醒有時候妳微醺。

妳說妳真的受夠了失眠，妳說一個人失眠好寂寞，妳說我可不可以陪妳一起寂寞？

但為什麼是我？

妳說妳不打電話給我，妳就會打電話給危險，我想我大概知道妳的意思。

妳說了很多，在深夜裡，妳失眠時，我們兩個人透過電話線獨處時。

並且，妳開口的第一句話總會是：喂！潘裕文！

我真的只是好想再聽妳耍賴似的親口喊我一聲：喂！潘裕文⋯⋯

真的好想。

第四章　記。憶

之二　小糖

直到我的身體失去了記憶為止

有一種男人，妳總是第一個想到他，失眠的時候，無聊的時候，遇到什麼好玩的事情時，想到什麼有趣的話題時，覺得好像有點過不去的時候，真的很想找人隨便說點什麼話的時候，實在是厭倦了自己開車的時候……妳總是第一個想到他，無論是在什麼情況下。

妳也想不透為什麼只是一方面聽著他說話——可能是很無聊的生活瑣事，可能是妳以前根本不會關心的話題——妳的煩躁就能一點一滴的慢慢被溶解。

妳知道妳可以對他任性，因為妳知道他總是會包容；妳並不介意讓他看見妳的任何姿態，因為他總是會接受，甚至是那些妳自己都想要否認的丟臉，妳發現妳竟然可以訴諸於他，妳於是也才發現，能夠說出來，真的會好過一些。

是那樣一個能夠幫妳收藏祕密的朋友，是那種妳對任何人都說不出口的話語卻唯獨能夠對他傾訴的人；即使他並不能夠真確的明白妳的感受，但他聽，他傾聽。

妳不明白他為什麼要對妳那樣的好——不，或許妳其實知道，只是妳假裝不——妳喜歡自己把他吃定了的那種被寵愛。

妳喜歡他，但妳不愛他。

妳其實真希望自己能夠愛上他，但同時妳卻又再明白不過的是，妳，不會愛上他。

妳和他在一起的感覺是舒服，在他面前妳可以毫無保留，也可以全盤保留，因為妳知道他對妳而言並不具有任何的危險，他反而安全；他讓妳有種安心的感覺，當他在妳身邊時，不，甚至他並不在妳身邊時妳依舊安心，因為妳知道他不會真正的離開，他總是會到來。

他不是毒藥，他是鎮定劑。

而潘裕文對我而言，就是這樣的一個男人。

「喂！潘裕文。」

有一次我一個人跑去吃火鍋的時候，突然很想打個電話給潘裕文，我其實只是無聊，不，或許還有那麼一點的孤單；我沒打他手機，因為在飯店上班時不能接手機，我於是打電話到潘裕文實習的餐廳。

『怎麼啦？發生什麼事了嗎？』

不道為什麼，聽到潘裕文那麼擔心的聲音時，我突然很想開他一個玩笑，於是我就說了：

「你朋友我出事了！馬上到我們常去的那家火鍋店救我！」

然後我掛了電話，半個鐘頭之後，我看見潘裕文氣喘吁吁的出現在我面前。

『是出了什麼事嗎？』

「人家火鍋吃不完，好討厭哦！你幫我吃完好不好？」

『妳叫我緊急請假害我被領班給白眼就只因為媽的一個蠢火鍋吃不完？』

「對呀！你不覺得很可疑嗎？我居然會吃不完一個火鍋耶！一想到我是個連火鍋都吃不完的女人，我就覺得沮喪得不得了呀！欸！你想我是不是快要死掉了？」

『……』

本來我以為那時候潘裕文就會生氣的，但是他沒有，他只是真的把火鍋給吃了完，還趁我抽菸的時候來上這麼一句：

『放心吧妳，好人不長命壞人活千年，妳絕對會比我活得更久啦。』

潘裕文是我見過脾氣最好的人，他比小雪更來得包容我——我覺得潘裕文是妳送給我最好的禮物欸——有一次我忍不住這麼對小雪說，結果她很明顯的生氣了。

那是小雪唯一一次對我明顯的生出氣來，我不知道為什麼，不知道也不想知道。

那次我們五個人在小龍姑姑的房子裡吃火鍋喝啤酒，我們正談論到小雪手上那支我送給她的 SWATCH 手錶；小雪說那是她收過最特別的禮物——在旅行中買支記有當地時間的手錶、送給最好的朋友——這件事情。

『我要學起來，等我畢業旅行時也買支 SWATCH 送給妳。』小雪說。

「不用了啦！我覺得潘裕文是妳送給我最好的禮物欸！」

接著小雪拉下了臉起身走人，氣氛僵了。

我始終不知道小雪在畢業旅行中是不是也買了支 SWATCH？我猜測她或許是買了

（小雪一向是說到做到的那種人），只不過送的對象是潘裕文吧！我猜。

有時候我好羨慕他們，能夠和一個人擁有那麼多年的感情，能夠記憶對方一路走來的改變、為什麼改變，能夠將對方稱之為一輩子的老朋友、並且確實也是如此。

我從來就沒有過那種感覺，我的人生始終被分割成為三年一個單位，在每個單位裡我都有幸擁有類似小雪那樣的親密朋友，只不過在分離之後（通常都是畢業）我們也就像是沒有必要了似的逐漸疏於聯絡，終至失去聯絡。

沒有人看過我完整的改變，每個人都只看到我的片面。

最後我把自己真正想要的樣子放在那張明信片裡寄給他們，那大概是我這輩子開過最大的玩笑吧！

這麼說對嗎？

過去我很喜歡拿死亡開玩笑，是從什麼時候開始的呢？我相當仔細的回想著。

每當我開啟一段故事時，我總會被一種杞人的憂天所困擾住——如果我寫到一半就突然死掉了的話那麼怎麼辦呢？沒有人可以幫我繼續完成了呀！只有我一個人知道故事該怎麼結局呀——就是從寫作開始的吧！我想。

我也知道自己極度的缺乏安全感，我經常疑神疑鬼，我確實過分的神經質。

每當我自己也控制不住自己時，我就會開始抹起地板，整理衣櫃，有時候我甚至會跑去刷浴室，就算是半夜也不例外。

這樣子的我教和我一起生活過的人很憂心。

但後來是怎麼把這些行為都給戒掉了呢？

潘裕文。

「喂！潘裕文。」

『還以為我今天晚上可以好好睡覺了咧。』

「我生病了潘裕文。」

『那就去睡覺呀！妳知道，多喝水多休息這類的。』

「我睡不著，我發高燒了，喉嚨像是給人放了炸彈一樣的痛，全身痠得想要乾脆把骨頭給拆了算。」

『那去喝熱熱喝呀。』

「那是什麼？」

『就伏冒錠呀！把它泡了當藥水熱熱的喝，有橘子口味的哦！是我媽教我的，很有用，不過她老是說成熱熱喝，但其實是伏冒錠才對。』

「顧左右而言它也沒有用哦。」

『好啦好啦！妳燒到幾度？』

「三十九度半。」

隨口說的，我根本沒量溫度計。

『要不要去掛急診？』

「要，而且要你帶我去。」

『妳要我命哦！半夜去按妳乾媽家門鈴！』

「……」

『好啦好啦！』

掛上電話之後我馬上關了電腦（我習慣一邊玩著接龍一邊和潘裕文聊天），到陽台抽了兩根香菸，接著立刻躲進棉被裡頭裝病。

『喂！我到妳家樓下了，妳把鑰匙丟下來我自己開門進去。』

「我下不了床！咳咳咳！唔……好像咳出血來了！好可怕哦！我是不是快要死掉了！」

『喂！不要再演囉！』

「你爬上來！我陽台的落地窗沒鎖！就這樣。」

十分鐘之後我聽見潘裕文打開陽台窗門的聲音，我躲在棉被裡頭一邊表演虛弱一邊卻忍不住的竊笑。

『最好是下不了床還能跑到陽台偷抽菸啦！』

這是潘裕文開口的第一句話。

「你對我好好哦潘裕文。」

『起床看醫生啦！』

「你對每個人都這麼好嗎潘裕文？」

『不要告訴我妳只是開玩笑裝病哦！』

「你會生氣嗎？」

『喂！』

「潘裕文你抱我一下好不好？」

『吭？』

「人家很冷嘛！」

『再怎麼撒嬌也該有個限度哦。』

「可是我真的只是想有人可以抱著我，這樣而已嘛！」

『那妳去抱小雪好了。』

「潘——裕——文。」

『好啦好啦！真拿妳沒辦法。』

擁抱。

『妳其實只是又想起他吧？』

「我覺得你這樣剛好呀！胖了三五公斤之後。」

『是把我當成他的替代品嗎？』

「……」

『說實話沒關係呀！』

「不是，你替代不了他，而他也替代不了你。」

『妳這樣很自私。』

「我知道。」

『嗯，自己知道一下比較好。』

溫暖。

「欸！潘裕文。」

『嗯？』

「可不可以讓我再自私一次？」

『什麼？』

「等我睡著了以後再走，好不好？」

『那我可以從大門走嗎？我其實有懼高症。』

「不會吧潘裕文！這裡才二樓耶！」

『我就是沒用啦怎麼樣。』

「嗯，自己知道一下比較好。」

『喂。』

我不知道那天潘裕文是怎麼離開、什麼時候離開的，但我清楚的記得，應該是在接近凌晨的時刻吧！我做了一個女人哭喊的夢——沒有畫面、只有聲音——女聲哭喊著要上吊自殺，女聲哭訴著男人的不負責任、沉迷酒精、將他們的家逼入絕境……

我在那女聲的淒厲之中驚醒過來，那女聲太過真實並且清晰，恍惚之間我竟有種那其實並非是夢卻是我的某個前世的混亂感。

不知道為什麼，在那個當下，我又想起了他，我於是哭泣。

即使是經過了這麼久，那些和他曾經共同有過的畫面，那些他曾經對我說過的耳邊軟語，甚至是他擁抱著我的真實觸感……仍會倏地闖進我的腦海，沒有預警的、問也不問一聲；每當那個時候，我對他的不可原諒就會莫名其妙的被瓦解，對他還殘留著的愛情以及眷戀就會死灰復燃。

燃燒我。

太可怕了呀！這樣的愛情，太可怕了。

而最可怕的是，我知道我永遠沒可能再這樣耽溺的去愛任何一個人了。

儘管我知道他永遠沒可能如我所願那般的愛我，但我就是放不開對他的愛情呀！

還是放不開。

但為什麼偏偏卻是他？為什麼他偏偏點中了我的死穴？

是上輩子欠他的吧！是吧！

他是那女聲，而我，負他。

於是，欠他。

第五章　紛。飛

之一　潘裕文

沒有人為我這樣傷過

「妳幹嘛那麼愛拍照呀?」

我總是這麼問妳，每當妳又強迫著我們拍照時。

『留住回憶嘛!』

而妳總是這麼回答。

我沒見過像妳那樣愛拍照的人，妳幾乎把相機放在背包裡隨身帶著，不過那一次卻例外。

那次妳興高采烈的嚷嚷讓著說要去基隆玩，在那次我冒著被妳乾媽罵成豬頭去找妳，並且還被妳給騙去我的擁抱的幾天之後。

「基隆什麼好玩?何必專程跑去淋雨呢?不如把自己關在浴室裡沖一整天水就好了。」

『愛掃興!我申請了飯店不住白不住呀!喂!潘裕文!你要不要來當導遊?』

「妳一個人?」

『當然是和我的另一半囉。』

當時我以為妳是和那個男人復合了(我始終認為你們會復合)，所以很不是滋味的拒絕了妳的邀請，但是等到妳回來之後，我才知道原來妳又是開我玩笑!妳後來找了小雪陪妳去。

後悔。

但對於妳，我後悔的事又豈止這一件呢？

三天之後妳們兩個人帶了一堆名產回來，這個冷清了幾天的屋子才終於又熱鬧起來。

「怎麼沒拍照呀？真不像妳的作風。」

『相機忘記帶了咩。』

『是因為你沒去，所以就反正也不帶了吧。』

小雪很酸的補了這麼一句話，結果妳裝作沒聽到似的，繼續又說去了我們學校。

『是不是到處有可愛的學妹含著兩泡眼淚等我回去呀？哇哈哈～～』

小龍一邊煮著芋圓，一邊自我陶醉的喊道。

『這我是沒看到，不過倒是發現廁所牆壁上很多留言寫著：小龍是混蛋！走開滾蛋別煩我。這類的。』

『隨妳怎麼說。』

『不過我倒是看到一個很有趣的留言哦！居然有人寫著潘裕文我愛你耶！』

「才不信咧！我們學校的女生幾時這麼有品味了。」

『真的喲！就在你們行政大樓男廁進去的第一間。』

我望著小雪想從她的表情求證，但結果她光顧著和小萍爭論著該加紅糖還是白糖而沒有理會我。

妳又在開我玩笑吧！我想。

『其實你一直很喜歡小糖吧？』

這天當潘爸爸先來幫我載走部份行李時，連個檯燈也沒幫忙拿的小龍突然冒出這麼一句話。

「突然的說什麼呀？」

『實習都快結束了哦！就這樣錯過了，不可惜嗎？』

「我又不是她喜歡的類型。」

『那她為什麼特別喜歡依賴你？』

小龍的問題把我的心都給問苦了。

『而且我一直就覺得，被喜歡的人也有被告知的權利呀！』

「就算你明知道在她心裡的人不是你？」

我的問題教小龍也沉默了，不過他依舊約了妳們在實習的最後一天到這裡吃火鍋喝啤酒，甚至小龍還很做作的提議要玩真心話大冒險；我一直奇怪到底是小龍的技巧太笨還是太明顯了？他做作的提議並沒有得到熱烈的回應，反而是教氣氛尷尬了。

沉重了。

『其實呀！我以前喜歡過小雪哦！還計畫如果一起考上學校的話就要告白了咧！』

結果小龍只好捨命陪君子的做這麼樣的開場白（事後小萍對他冷戰了三個星期），而妳卻是以極不自然的口吻把話題轉開，草草的結束了我們第一次、也是唯一一次的真心話大冒險。

妳是害怕從我口中聽到我喜歡的人其實是小雪嗎？

還是妳其實害怕的是，我堅定的告訴妳，我真的真的好愛妳？

妳自私。

『其實呀！我好羨慕你們哦！能夠一直保持聯絡變成所謂的老朋友耶！知道嗎？我從來沒有和同一群人數超過三根以上的生日蠟燭耶！』

『我們搞不好會是第一群陪妳數超過三根以上的生日蠟燭的朋友呀！』

『但是誰曉得一年後我們是不是還能夠像現在這樣一起吃宵夜喝啤酒呢？搞不好你們實習結束之後就和我失去聯絡了呀！因為沒有必要了嘛！你們本來就是老朋友、而我卻不是呀！』

『不會啦！起碼阿文這傢伙會每天給妳電話請安啦！因為已經變成習慣了嘛！哈～～』

「最好是啦！」

我實在不得不佩服小龍的意志力，因為妳已經明顯的不想繼續那鬼真心話大冒險了、而他卻還在做無謂的掙扎。

『這樣吧，我來開個咖啡館，我們五個人的咖啡館，這樣我們就可以又每天見面一起工作了，多好。』

「真的嗎？」

『真的喲！錢不是問題，我當老闆你們四個當奴才，哈！』

『要開在哪裡？』

『當然是台中呀！我可不想一直待在台北和我媽互相折磨；等你們畢業就來開一家屬於我們五個人的咖啡館。』

『取什麼名字好？』

『取什麼名字都好，但要留一張桌子是我專屬的，最靠近廚房的那張，誰也不准坐。』

「為什麼？」

『因為我要坐在那裡寫作呀！』

於是我們一邊聊著那未成形的咖啡館和原來妳出過書的這件事情，還有那已經變成過去的半年快樂時光裡所發生的點點滴滴。

一直聊到天亮，一直到太陽升起的那一刻，我們五個人手心緊緊握著，然後轉身各奔南北，繼續各自的人生。

雖然心難捨，但人生還是得繼續，不是嗎？

我們留下一個約定，關於半年後，我們的咖啡館。

分開之後我並沒有如小龍說的那樣每天打電話給妳請安，而妳也是；不知道為什麼我就是沒有勇氣按下屬於妳的那十個號碼，就算只是像以前那樣胡亂哈啦也辦不到。

我覺得我好像變寂寞了。

可是小糖妳知道嗎？妳讓我沒有辦法再習慣寂寞了，甚至如果不是因為遇見了妳，我也不會知道，原來從前的那個我，寂寞得那樣空白。

妳真的是我見過最不負責任的人呀！

開學之後我不甘願的又回到那個老讓我心情發霉的雨港，但沒想到第二天小龍卻告訴我一個讓我放晴的好消息。

他神祕兮兮的帶我到行政大樓男生廁所進去的第一間，我們同時看到牆壁上有著熟悉的筆跡——

潘裕文我愛你！

除了妳還有誰！這樣張狂又沒公德心。

當晚我立刻打電話給妳，但沒想到屬於妳的那個數字卻成了空號。

於是我再打電話回飯店，但得到的回應卻是妳在我們離開的第二天就辦離職了，妳並且沒再和誰聯絡過，簡直就像是完全消失了一樣；我只好繼續問了小雪，但就是連她也不曉得這件事情，竟連小雪都不知道妳的事？我覺得很不對勁，於是我趁著週末連夜搭車回台中，我於是鼓起這輩子最大的勇氣去找妳的乾媽打聽下落，最後她老人家給了我一個台北的地址，但卻又說她也沒有把握妳會不會在那裡。

我手裡緊握著那張唯一能找到妳的線索立刻趕到台北，我沒想到這地方竟這麼偏遠又難找，所以當我跳下計程車的時候已經黃昏了。

我抬頭望著夕陽，這才想起我好像從昨夜開始就沒吃過東西，但現在的我好像著了魔似的，只肯等待。

而抽菸，是等待最理想的動作。

——腦子亂糟糟的時候就會想要抽菸哪！習慣了。

——因為不知道有誰可以收留我的眼淚。

——再過十分鐘就是我的生日囉！十分鐘哦。

——你對我好好哦潘裕文。

——你抱我一下好不好潘裕文。

——可以讓我再自私一次嗎？

我悲傷的回憶著，悲傷的等待著，一直等到我抽了第七根菸的時候，妳才終於遠遠的出現在我的眼前；妳的身影順著我視線的比例尺放大，放大，放大——

『喂！潘裕文！你在我家門口做什麼呀？』

「來找妳呀，難不成還倒垃圾然後順路過來借鹽巴？」

『這我當然知道，我是說你怎麼知道這裡？』

「只要不怕麻煩，大多的事情都可以弄清楚——《尋羊冒險記》裡村上春樹說不曉得誰說的這句話。」

『你真的很冷耶潘裕文。』

於是我跟著妳進屋子然後一邊解釋發生的經過，當妳一打開電燈，我只看見簡單的傢俱和一箱又一箱已經打包好的行李。

「妳要去旅行？」

『這麼說也對。』

「這麼說也對？」

『應該說是我去做了一件一直就好想好想做的事情，直到今天才剛回來，你運氣真好耶潘裕文！』

「妳去找他嗎？」

『你真的很了解我耶潘裕文。』

「然後呢？你們復合了？」

『沒有，我們過去了，完全性的那種哦！』

「……」

『已經看得開開的囉！好輕鬆的感覺哦！呼。』

我不知道妳是故作堅強又或者是真的看開了，但很奇怪的是，我竟會希望是前者。會不會我愛的其實是痛苦的愛著他的那個妳呢？

我不知道。

『不過呀我接著就要去旅行了，突然很想把曾經生活過的那些地方重新再走過一次耶！你想我是不是老了呀潘裕文？』

「為什麼妳的號碼變成空號？」

『因為我把手機丟了。』

「小糖！」

『不這麼做不行哪！到時候聽到你的聲音又捨不得走了怎麼辦呢？好不容易才下定的決心，到時候又後悔了的話我會受不了的呀！』

「妳還是那麼自私。」

『你會把這麼自私的我留下來嗎潘裕文？』

妳真的要我留下妳嗎？

「太不負責任了吧！」

『嗯？』

「在別人的學校隨便塗鴉還不肯在旁邊簽名認罪呀！只有我的名字在牆上掛著感覺很孤單耶！」

妳終於笑開來，還是我記憶裡那種甜似糖的笑容。

「把我的擁抱還給我好不好？」

妳帶著笑容走進我的懷抱，我眷戀的感受妳身上的清香，我知道我這輩子沒可能把妳忘記。

「我們的咖啡館怎麼辦？」

『等我回來，等你們一畢業我就回來。』

「一言為定？」

『一言為定。』

『嘿！你在哭嗎潘裕文？』

妳一定要說出來嗎？一定要這麼沒有禮貌嗎？

『喂！潘裕文。』

「嗯？」

『要不要喝咖啡？』

我搖頭。

『要不要留下來過夜？』

留下來過夜？

無限的可能性在我的心底敲門，我看見兩個未來，我看見妳為了我留下來，我看見妳終於走進我的愛情，我看見——

——好不容易才下定決心的，如果到時候又臨時反悔的話我一定會受不了的。

我搖頭。

「祝妳幸福。」

我最後說。

那是我們最後一次見面。

第五章 紛。飛

之二 小糖

已經想不起來認真去愛一個人是什麼感覺了

當他們離開之後，那地方突然變得很寂寞，那天下班我還跑到那間房子去看了好久，想到我們在那裡那麼快樂、但現在卻只剩下我一個人孤單，我越想越難過，不知怎麼的，就又回到了飯店馬上辦了離職手續。

我知道我很不負責任，可沒辦法，我真的過不去。

到了晚上，我習慣性的又失眠，我只好習慣性的打開電腦玩接龍，然後我習慣性的拿起手機想要打電話給潘裕文聊天——可是他已經離開了呀！去過他原本的生活了呀——我的腦子突然冒出了這個念頭，於是不知道怎麼的，我就把號碼撥成了他的——

「搞什麼原來你沒有換號碼呀！」

『如果是要檢查的話，妳未免也隔了太久才打來查證了吧！』

「我就知道你這個人不可靠，老是答應了別人卻又做不到。」

『沒辦法，我畢竟和妳是同一種人嘛……嘿！最近過得怎麼樣？』

「老樣子囉！說到這……喂！你為什麼生日那天沒打電話給我？」

『因為妳叫我不要再打電話給妳了呀！』

「但我生日的話總可以允許例外吧！」

『妳現在是一個人嗎？』

「嗯，我睡不著，而且，我覺得有點孤單。」

『只是有點嗎？』

「你還是那麼討人厭欸！」

接著他開開心心的笑著，不知道為什麼，在那個當下，我又想起了前一晚那尷尬的真心話大冒險，於是我做了一件很危險的事情，我說：

「嘿！我們來玩真心話大冒險好不好？」

『嗯？』

「你不覺得和舊情人玩真心話大冒險最刺激嗎？」

『我懷疑妳只是想要藉機數落我的不是吧！』

「其實呀！有一次做愛做到一半我睡著了哦！奇怪你哪來那麼好的體力呀！」

『喂！妳不要自己一個人就玩了起來好不好？』

「其實呀！雖然整個人躺在你身上很舒服，但我真覺得你還是瘦一點比較好看哪！」

『其實呀！雖然很喜歡和妳一起抽菸喝酒做愛，但說真的如果是要當老婆的話，我還是建議妳戒了比較好哦！』

「其實呀！我還是覺得好遺憾哦！你是我最愛過的男人耶！但結果我卻連一張你的照片也沒有欸。」

『其實呀！妳雖然一直疑神疑鬼我不只有妳一個女人，但真的和妳在一起的時候，我沒碰過別的女人，妳為什麼從來就不肯相信我呢？妳為什麼會愛一個人卻又不肯相信他呢？』

「連性幻想也沒有？」

『真心話大冒險玩完囉？』

「你不要轉移話題！」

『當然有好嗎！』

「那後來咧！上過幾個女人了已經？」

『我幹嘛要回答妳？』

「……」

『又生氣了？妳不覺得在分手後還為了以前的爭吵爭吵很可笑嗎？』

「其實呀——」

『不是已經玩完了嗎？』

「其實呀！I never over you.」

『我聽得懂英文好嗎。』

「那當我沒說。」

『小糖！』

「我就知道不應該打電話給你。」

『我現在過去找妳。』

「我人還在台中。」

『妳告訴我在哪個交流道下。』

「這不是我們該有的關係。」

『到了我打電話給妳。』

怎麼會這麼簡單呢？怎麼可能呢？我為什麼就是拒絕不了他呢？那過去我為他那麼痛苦的決定分手著、又那麼反覆的為分手痛苦著、又算什麼呢？我一個人躲在棉被裡面自言自語，直到他下了交流道打電話給我為止。直到我終於又再見到他了為止。

直到……

而我只是在想，如果不是再見面的話，對我是不是比較好？我不知道。

我真的不知道。

我們已經太久不見了，久到都忘了要尷尬。

於是上了車之後，我們習慣性的找了家夜店待下喝酒抽菸；那是一家在牆角裝有電視的小酒館，好奇怪的感覺呀！我們在兩個小時以前還那麼熱絡的聊著，甚至還像是沒有分手過那般的爭吵著，甚至還抱著那麼一點的期待、期待著或許這一次的復合之後，我們真能終於幸福了也不一定呀！我們或許終於願意因為珍惜對方而做出改變自己的決定也不一定呀！我們……

但結果我們只是沉默的尷尬的看著電視，連話也不知道怎麼開口說。

怎麼會這樣呢？我們甚至從來沒有這樣過呀！就連過去鬧冷戰的時候也沒這樣不對勁過呀！

像是也察覺了這不對勁似的，他煩躁的捉起帳單說這裡很悶想走了，接著我們開車上飯店要了房間；依舊是我們過去見面時的一貫步驟，可就是有什麼地方不對勁呀！

到底是哪裡不對勁呢！我想不透呀！

他的外表還是我記憶中的模樣，他的聲音他的笑容他的幽默他那淡得幾乎沒有味道的體味甚至是他做愛的方式，所有一切的一切都一如我記憶中的模樣，但有種東西不見了！我強烈的這樣感覺到。

於是溫存的時候，我在他身上嗅呀嗅的，甚至把他身體的每一寸都仔仔細細的檢查過了，但怎麼就是找不到、找不到不見了的那東西。

然後我才明白，那東西正是長久以來他囚禁我的無形能量，教我一直還愛他想他怪他怨他眷戀著他牽掛著他忘不了他放不開他的，東西。

不見了！沒有道理的，不見了。

我覺得好難過，我甚至有點生氣，因為我曾經是那麼混亂的愛著他呀！那麼丟臉的為他痛苦著呀！

我從長久以來囚禁著我的愛慾之中被解放開來，但奇怪的是，我的感覺卻是悲傷。該怎麼辦呢？我已經習慣了即便是失去他也依舊還愛著他的狀態，可再見他、在許久不見之後的再見他，感覺卻像有一隻無形的手伸入我的生命那樣，把我長久以來對他固執的愛慾給完完全全的抽離了，完完全全的哦！

那隻無形的手把我習慣了對他的愛情抽離，取而代之的，是我已經陌生了的自由，而問題正出在這裡呀！我並不想要自由呀！並不想要哦。

我從來就不想要被解放呀！

於是我趁著他還熟睡時悄悄離開了飯店，我不告而別。

在離開的時候，我把手機丟在大廳的垃圾桶裡，不知道為什麼，在那個當下，我真的希望它永遠不要再響起。

回到乾媽家我簡單的收拾了行李，搭上最早的那班火車到屏東探我久違的爺姥，我在爺姥那小住了幾天，於是便抽了一天的時間也回到那個學校去走走去看看。

最後我一個人又獨自去到那家咖啡館，那家最初遇到他的咖啡館，那家我看見他穿著黑色毛衣走進我的生命的咖啡館；當我走到那咖啡館前、卻發現它原來已經停止營業了的時候，不知怎麼的，我竟就蹲在那門口哭了出來。

都不見了。

我於是找了公共電話道別了爺姥，就這樣什麼也沒帶的搭了飛機回到台北的家，然後，我遇見了來找我的潘裕文。

我這輩子從來沒有那麼感動過。

「喂！潘裕文！你在我家門口做什麼呀？」

『來找妳呀，難不成還倒垃圾然後順路過來借鹽巴？』

「這我當然知道，我是說你怎麼知道這裡？」

『只要不怕麻煩，大多的事情都可以弄清楚——《尋羊冒險記》裡村上春樹說不曉得誰說的這句話。』

「你怎麼還是那麼冷呀潘裕文。」

當我們同時看見一箱又一箱的行李時，潘裕文就先問了：

進門。

『妳要去旅行？』

「這麼說也對。」

『這麼說也對？』

「應該說是我去做了一件一直就好想好想做的事情，直到今天才剛回來，你運氣真好耶潘裕文！」

『妳去找他嗎？』

「你真的很了解我耶潘裕文。」

『然後呢？你們復合了？』

『沒有，我們過去了，完全性的那種哦！』

「……」

「已經看得開開的囉！好輕鬆的感覺哦！呼。」

接著潘裕文沉默，凝視著潘裕文沉默的表情，我彷彿又看見了那隻無形的手。

就是在那個當下，我決定要去旅行。

「不過呀我接著就要去旅行了，突然很想把曾經生活過的那些地方重新再走過一次耶！你想我是不是老了呀潘裕文？」

『為什麼妳的號碼變成空號？』

「因為我把手機丟了。」

『小糖！』

接著我說了什麼藉口？我也忘了我接著說了什麼藉口了。

『妳還是那麼自私。』

「你會把這麼自私的我留下來嗎潘裕文？」

把我留下來好不好？

『太不負責任了吧！』

「嗯？」

『在別人的學校隨便塗鴉還不肯在旁邊簽名認罪呀！只有我的名字在牆上掛著感覺很孤單耶！』

那一刻我真的好希望潘裕文留下我，可是他沒有，他還是沒有。

或許他真的比我還要了解我自己吧。

『把我的擁抱還給我好不好？』

我於是帶著笑容走進潘裕文的懷抱，我知道我這輩子沒可能把他忘記。

『我們的咖啡館怎麼辦？』

「等我回來，等你們一畢業我就回來。」

『一言為定？』

「一言為定。」

然後我感覺我的頸邊，有眼淚滑落。

「嘿！你在哭嗎潘裕文？」

這是你送給我過最好的禮物，你知道嗎潘裕文？知道嗎？

「喂！潘裕文。」

『嗯？』

「要不要喝咖啡？」

他搖頭。

「要不要留下來過夜？」

沉默。

無形的手。

「祝妳幸福。」

潘裕文最後說。

連你也不肯把我留下嗎？

為什麼始終沒有人堅持留我下來呢？

沒有人為我堅持過。

第六章　寂。寞

之一　潘裕文

我覺得有點難過，
我好像已經不再是我所認識的那個自己了

畢業之後我決定留在台北工作，因為那是我最後見到妳的地方；我偶爾會獨自去妳在台北的家去看看，但結果總是門窗深鎖。

妳還不肯回來嗎？

半年後我並沒有任何妳的消息，然而我卻以為我遇見了妳。

當她說她叫瑋薇的時候，我還當她是在開玩笑，因為我以為她是妳留長了頭髮出現在我面前。

我們見面的那天是因為瑋薇那個叫作倩的學姐為了慶祝她順利畢業，於是帶瑋薇到這個貴死人的五星級飯店晚餐，而我剛好在這裡工作。

雖然我的職稱已經不再是實習生了，但卻同樣得端盤子擺笑臉，完全不是我想像中的妳那樣威風的兇別人就好。

而為什麼我會認識瑋薇？

因為那陣子小萍非常堅持的要和小龍分手，所以前一晚我陪著小龍喝了一整夜的失戀酒，以至於隔天宿醉得厲害，於是上班時不小心將水灑在瑋薇的裙子上，惹來我們經理的一陣緊張。

我一直以為有雙杏眼的女生都是不好惹的狠角色，但沒想到眼前這個女生不但完全性的不生氣，反而是笑嘻嘻的問我是不是想藉機搭訕她？

我當時征征的望著瑋薇很久，甚至連道歉也忘記，一直到我們經理氣呼呼的過來兇人並且賠罪，我才如夢初醒的確定一件事情——

她不是妳！因為妳們笑的方式不一樣。

妳的笑容像是北極難得一見的陽光，而瑋薇的笑容則好像天生就有的一樣。

不能再錯過了！

當時我心底只有這個念頭，於是我以賠罪為理由請瑋薇喝咖啡。

然後我們因此認識並且戀愛，順利得就好像這本來就是命中註定了要發生的一樣。

如果不是因為瑋薇，我會一直以為愛情是一件很困難的事情。

有的時候，愛情真的來得很突然。

「妳有姐妹嗎？」

這是我第一個問瑋薇的問題。

『沒有呀。』

瑋薇帶著她的招牌笑容回答。

『為什麼問？』

「沒什麼。」

『為什麼你總是不讓我了解你呢？』

瑋薇常常這樣問我。

「因為了解一個人並不代表可以得到他呀。」

而我總是這樣回答。

『但我想我了解你哦。』

瑋薇又笑著說。

仔細回想，微笑好像是瑋薇最常出現的表情。

我從來沒見瑋薇生氣過，我從來沒有見過那麼好脾氣的女生。

我常常在心底想要清楚的辨別妳和瑋薇的差異。

如果說妳在我心底像個女神的話，那麼瑋薇則是個終日活在湖畔的快樂水仙，直到有一天，她有了心有了感情，快樂便從此消逝在湖底了。

為什麼我會這麼認為？

因為瑋薇認識的我愛上的我，已經不快樂很久了。

不知道是從什麼時候開始，我總覺得和周遭的這個世界格格不入，不論是自己的價值觀，又或者思考邏輯……諸如此類。

用格格不入的態度生活實在是太累了呀！所以我只好把那部份的我隱藏起來，用只剩下一半的我，繼續活著。

『你的眼睛很漂亮，憂鬱但是漂亮，為什麼你這麼不快樂呢？』

「為什麼要愛上這麼不快樂的我呢？」

『因為我羨慕你可能不快樂得這樣自在。』

從瑋薇的眼中，我看見了自己的價值。

但是卻只有和妳在一起的時候，我才能感覺到自己是真正的活著，完整的那種。

我好像慢慢變成了過去我眼中所看到的妳。

我失眠。

我喜歡在午夜十二點打電話給瑋薇道晚安並且小聊一會，因為每當我下班後洗完澡終於放鬆心情時，也差不多是這個時候了；而且更重要的是，我對於這個時刻一直有一種特殊的著迷。

因為它像是個分界點似的，既是結束也是開始，而且彷彿有很多神祕的傳說都是關於這個時刻的。

初戀的時候，我們常常聊到清晨才終於疲倦的緩緩睡去。

我是因為上晚班所以還ＯＫ，而瑋薇則是因為反正只有下午打工所以就更無所謂了。

認識瑋薇那年她剛好正從大學畢業，問她想不想再念書？瑋薇卻說不要了。

『我受夠念書了。』

「那妳未來想幹嘛？」

『看看能不能當翻譯吧！而且要是可以窩在家裡工作的那種哦。』

瑋薇說她對於所謂的人生目標、生涯規畫這方面的東西完全性的感到茫然並且無所適從。

瑋薇說她之所以活著好像就只是為了單純的活著，而且還是最單純的那種。

瑋薇的生活單純到吃飯洗澡睡覺，無聊的時候玩接龍聽音樂看電視，然後晚上十二點等我的電話，或者在我休假時約會吃飯。

瑋薇說她的生活完全以我為重心。

『我為了你的存在而存在哦。』

很奇怪的感覺，一般人倘若聽到喜歡的人這般的告白，應該是會感動到不行才對，但奇怪的是，我的感覺卻是焦慮。

我覺得很焦慮，關於瑋薇對我那幾乎毫無道理可言的愛情，因為我甚至不愛我自己呀！

我愛妳甚於自己。

是我上輩子欠妳的嗎？

自從有次我陪瑋薇去機場送倩到英國，我就一直覺得瑋薇真是一個很有感情的女生，我站在旁邊看她們倆抱在一起哭個不停，坦白說那時候我還覺得滿感傷的。

不知道妳上飛機的時候有沒有人送妳呢？

為什麼妳總是喜歡逃跑呢？

那天回去之後，我們在瑋薇的公寓裡做愛。

我從來沒有向瑋薇提起過關於妳的事情，因為我怕我的思念會溢於言表，所以我選擇隱瞞，隱瞞所有關於妳的記憶，我想這對我們而言是最好的做法。

就像是我從來沒有告訴瑋薇，我當初對她一見鍾情的原因。

我沒有告訴瑋薇我的過去，而她也不透露她的，我只知道瑋薇是來自於台中的女孩。

「台中有某種令我想要逃避的因素。」

『不可以這樣哦！因為我是來自台中的女孩呀。』

我聽了之後笑著擁抱住瑋薇。

瑋薇那時候問我：好不好約定一起回台中養老？結果我告訴她說我無法許下這種承諾。

「所謂的承諾不過只是因為沒有把握吧？」

況且，未來的事情誰又說得準呢？就像是我們五個人分離的那天，我是怎麼也想不到我們竟會有這樣的現在。

我想不到我竟能遇到一個深愛我的女孩，並且我希望能和她直到永遠。

『你對我們的愛情沒有把握嗎？』

「不是，我只是對所謂的未來沒有把握。」

那時候瑋薇紅著眼睛，看起來好像快要哭了的樣子。

「不能在別人面前哭哦，因為流淚是最自己的事情。」

『你也沒在別人面前哭過嗎？』

我想了想，說：「沒有。」

我們像是堅守最後一道防線似的，對於彼此過去的感情生活甚至家庭背景完全一無所知，我們僅靠著彼此的手機號碼及在台北的公寓作為聯繫，我甚至連瑋薇的電子信箱也沒有。

所以我常想，如果哪天我們分手了，可能就會像斷了線的風箏那樣從此失去了聯絡吧。

但瑋薇卻說那樣也好，她覺得那樣反而能帶給她安全感，關於斷了線的這件事。

瑋薇說她從來不和過去的情人聯絡，瑋薇說她真討厭藕斷絲連。

我們很少討論到關於寂寞的這件事情，雖然我們好像都寂寞，或許是因為我們都以為只要不說就可以不寂寞吧。

仔細想想，寂寞就好像嫉妒一樣，都是難以向旁人啟齒的一種病，我們不敢誠實的告訴別人我們寂寞，就像我們無法大方的透露出嫉妒一樣。

在送走倩的那個下午，瑋薇突然感傷的說她其實沒有什麼朋友，她最好的朋友離開這座島了，所以她現在只剩下韓國的那傢伙是她最好的朋友了。

而雖然我的朋友為數不少，但還保持著固定聯絡的卻也好像只剩下小龍了；只是因為工作的飯店不同，當我們的生活圈漸漸的不再有交集之後，慢慢的見面的機會也少了。

想來真的很感傷，曾經是朝夕相處的哥兒們。

所以我一直很懷念我們五個人在那棟房子裡的時光，我們不管上班下班工作休假總是混在一起，但現在我們五個人不但是各分東西，就是連當時的小龍和小萍也早已經不再是情人了。

於是我變成下班後直接去找瑋薇。

我知道女人喜歡男人在性愛後還留在床上說幾句貼心話，但我卻常常忍不住想要跑到陽台去抽菸，因為我得藉著尼古丁來平復我的情緒，而且瑋薇不准我在屋子裡抽菸；但不管時間多晚，我從來沒有考慮留下來過夜，因為我已經習慣了一個人的單人床，再說瑋薇的床實在有夠小。

但自從有一次我離開之後才發現竟拿錯鑰匙，於是我再折回瑋薇的公寓時，卻看到她竟把自己埋在浴缸的熱水裡。

「怎麼了？」

『我突然覺得很感傷。』

「為什麼？」

『我每次看著你離開的背影都會有一種你好像就要走出我的生命的錯覺，但不知道為什麼今天卻特別感傷。』

於是我開始留下來陪瑋薇過夜。

但我想這大概是苦了瑋薇吧！因為我的睡覺習慣很差。

這並不是說我睡覺會打呼磨牙放屁說夢話或什麼的，而是我根本就睡不著。

不知道從什麼時候開始，我變得沒有辦法一躺平就立刻睡著，我總是得在床上翻來覆去直到天空開始露出曙光的時候才得以模糊的睡著。

為了不吵醒瑋薇，我只好躡手躡腳的到陽台抽菸，直到有次瑋薇問我是不是因為認床所以睡不好？我才知道我還是吵到她了。

於是我告訴瑋薇我得了睡眠功能障礙症，我這才發現原來我早已經在不知不覺中感染了妳的一切。

是誰曾經說過?當我們愛上一個人的時候就會下意識的學起他的一切。

察覺到這一點之後，我突然覺得很對不起瑋薇，所以我決定做些什麼彌補她。

我排了連休假帶瑋薇一同到基隆玩並且住妳當時住的那家飯店，而之所以選擇基隆的原因完全是瑋薇說她想看看我生活過的地方。

和瑋薇去基隆的那天，天公難得作美賞了個萬里無雲的大晴天，我們不能免俗的去了九份和基隆廟口，隔天才去我的學校。

一踏進校門，我本來很想去看看那個塗鴉還在不在的，但想想還是算了。

還是算了。

第六章 寂。寞

之二 小糖

幸好有死亡

我其實沒有去旅行。

我去參加了葬禮，Dan 的葬禮。

那天我突然接到他母親打來的越洋電話，我有點奇怪她怎麼找得到我？一問之下才知道原來是輾轉從 Peter 那問到的資料——只要不怕麻煩，大多的事情都可以弄清楚——潘裕文說在《尋羊冒險記》裡村上春樹說不知道誰說的。

『這孩子在遺書裡寫著無論如何也希望妳能送他最後一程。』

Dan 的母親在電話裡如此說道。

自己的名字在別人的遺書裡被提起實在是一種很複雜的感覺，特別當對方又是那種久違到幾乎可以說是完全沒了聯絡的朋友。

起初我覺得有點為難，但後來還是決定去了紐約，畢竟能被人所需要到底是一件值得高興的事情，雖然對方是一個已經死掉了的人。

我並不清楚 Dan 是死於什麼樣的原因，我沒問；在告別式上我凝望著靜靜躺在棺木裡熟悉卻又陌生的 Dan，努力想把眼前已經靜止了的 Dan 和遙遠記憶中活生生的 Dan 比對一番—— Dan 瘦了好多呀——過去的 Dan 可以算是結實高壯的男孩，而最後的 Dan，瘦。

遙望著削瘦了的 Dan，我想起自己的日漸削瘦。

——我要活到二十五歲，然後死去。

什麼時候你成了說到做到的人了呢？

『可以請妳喝杯咖啡嗎？』

在告別式的最後，Dan 的母親走到我的身邊，問。

我點頭，跟著上了她的車。

咖啡館——

我驚訝的發現他母親所帶我來到的這咖啡館正是慾望城市裡 Carrie 外出寫作時習慣待著的咖啡館，但我想現在這種情況下或許並不合適對她聊起這點吧。

『我是個醫生。』

兩根香菸的沉默之後，Dan 的母親終於開口說話。

『我知道這樣的說法很可笑，但真的，為什麼我救了那麼多的生命，卻救不了我自己的孩子！』

「I'm sorry……」

『妳想 Dan 會不會怪我生下他？』

「不……」

本來我想說的是：不，我不知道，但不知怎麼的，話到了嘴邊，卻只剩下了：不。

『有個東西我想給妳看。』

「嗯？」

『這也是Dan寫在遺書裡的，他希望我能交給妳。』

我接過她遞給我的一大落紙張，看了沒幾頁便可明白那是Dan所親筆寫下的小說。

遺失了的記憶片段在此刻彷彿重新回到我的腦海，我想起當時我們在Dan那間單身的時髦套房裡，他曾自信滿滿的說，以後他會變成一個作家。

『了不起的那種，我名字和我的故事將會被熱烈的討論！』Dan說。

我比你先做到了Dan！我們打的那個賭，我贏了……

『妳也是個作家吧？』

「妳怎麼知道？」

『這孩子後來一直沒放棄打聽妳的消息。』

「……」

『我一直就很想看看，我的孩子這輩子最深愛的女孩，是什麼樣子，謝謝妳，真的，謝謝妳。』

什麼原因會讓一個人遲遲不讓對方明白他的感情？甚至是永遠？

這算什麼呢 Dan？很瀟灑嗎這樣？

接著 Dan 的母親詢問了我的生活近況，就像個溫柔的長者那般，當她聽到我目前的生活是空白時，她提出了這麼的一個建議：

『妳願意替 Dan 把這部小說翻譯成為中文，試著出版成書嗎？』

「我的榮幸。」

『可能有點冒昧……但可以請妳在翻譯的這段日子裡住在紐約嗎？』

「嗯？」

『我替 Dan 買了層公寓在這附近，但他卻始終沒能住過呀！總覺得好可惜呀！是一棟很不錯的公寓呢。』

她的提議讓我很難不心動，簽證方面的問題她說交給她處理，並且她請了個女管家負責照顧我的生活起居，而我所唯一要做的事情便是翻譯以及生活；而她唯一額外的要求是，偶爾我能陪她喝杯咖啡，說說她已經不太流利的中文。

我於是欣然答應。

在紐約生活的那一陣子，我經常感覺到疲勞，深沉的疲勞，並且明顯的身體狀況越來越差；是某天和 Dan 的母親在那咖啡館喝咖啡時，她才發現到我的不對勁，我簡直嚇壞了她，因為我在她的面前昏倒，而我當時指間的香菸甚至還燃著。

是血癌。

Dan的母親堅持要我留在她的醫院裡好好治療，她說如果控制得當的話，我的情況並不會如同我所以為的那樣；但不知道為什麼，我並不想要聽她的話，我趁夜溜走，我只是想要按照自己想要的方式處理自己。

我留下紙條要她別擔心，我會好好照顧自己，我並且會把書完成，然後寄去給她，一了我們三個人共同的心願。

回到台灣之後我第一件做的事情是找媽媽，我打她手機打了好久才終於被接通，電話接通之後傳來她一貫的不耐煩以及指責我的不告而別，接著插撥的電話打斷了她的叨絮、打斷了我最後一次想聽到她聲音的慾望。

插撥的人是他。

在那通宿命似的電話裡，我約了他在高雄見面，他顯得很意外的樣子，但仍然準時赴約，我知道這麼做未免太過冒險，但我真的只是想趁我看起來還不太糟糕的時候，拍張照片，留住回憶。

我想留住我最後的美麗。

我們約好在最初的那咖啡館見面。

『但它已經停止營業了呀。』

「我知道呀！所以我們買兩杯咖啡坐在它的門口算是替它舉行告別式呀！」

『聽起來還不賴的樣子嘛。』

於是我們見了面，像是久違的朋友那樣談好長好長的話，沒有激情，沒有愛情，沒有不告而別，只有溫暖，以及合照。

在最後道別時他回過頭喊我的名字——

『小糖。』

「這好像是你第一次喊我名字耶。」

他靦腆的笑，我看過好多他的笑容，但靦腆、這是第一次。

於是我才知道，原來最親密的關係裡，是連名字也多餘，只消一個聲音，或者一個眼神，一個碰觸。

『Take care.』

總是惹我哭泣的人哪！終於看見了我的眼淚，並且給了我這輩子最溫暖的擁抱。

最後的擁抱。

只剩下最後的心願了：五個人的咖啡館。

最後我決定把母親給我的帳戶轉交給小雪管理以及使用，我相信小雪會實現我們五人咖啡館的夢想，她畢竟是我們當中最堅強的人，我一直就希望自己能夠是一個說到做到的人，雖然我很少以實際行為來實現這個希望。

希望。

我自私的希望媽媽一直以為我還活著，我自私的希望她只是生氣我的不聯絡而不是生氣我的死亡。

我寧願她生氣，也不希望她傷心。

然後……然後我就能夠安心的過去了。

聽說人死後就可能見到已故的親人朋友，而我只是在想，不知道當我再張開眼睛的時候，第一個看到的人會是誰呢？

潘裕文？

第七章　死。亡

之一　潘裕文

每當我覺得「沒可能再寂寞」的時候，
接著就會落入更寂寞的情境裡，
直到全然的孤寂找上我為止。

當飛機再度起飛的時候，我突然又想起了瑋薇，不知道這個時的候瑋薇正在做什麼呢？還是一個人寂寞的玩著接龍嗎？

如果不是因為小雪來找我的話，我會以為可以和瑋薇一直走下去的。

或許就像瑋薇說的，直到世界末日也不一定。

我沒想到我的世界末日會提早到來。

當小雪出現在我工作的飯店時，我先是楞了三分鐘那麼久，接著高興的直想尖叫。

小雪說她花了好大的工夫才終於找到我的，她劈頭就埋怨我們這幾個人未免薄情，分開後竟連通電話也不肯打。

我顧不得什麼的馬上請了假和小雪到最近的咖啡館敘舊。

感覺就像是那次妳來了電話把我騙到火鍋店替妳吃完火鍋那樣。

妳呀……

「怎麼會？我的手機號碼一直沒換呀。」

『但我是手機在畢業旅行掉了嘛！你們的號碼全在裡面跟著也不見了！我還是打電話到你家才問到你的手機號碼呢！』

「結果妳有買 SWATCH 嗎？在畢業旅行時。」

小雪搖搖頭，欲言又止的，不知道為什麼，在那個當下，我突然又想起了妳正式開口問我的那句：如果給你十分鐘的時間談談關於你這個人的話，首先你會想起的是什麼？

於是我就問了，在低頭抄著小雪的新號碼時，而小雪先是一楞，接著很不好意思似的，問：

『是小糖問你的嗎？』

「為什麼妳從來沒問過我這個問題呀？」

小雪笑而不答，卻淡淡的說：

『我沒想過你會是第一個問我這個問題的人，或許會是唯一的一個也不一定吧。』

「為什麼總問這個問題？」

『我其實只是希望能夠聽到的答案是我。』

「嗯？」

『我希望有天當我問這個問題的時候，對方會回答我，他首先想到的是我。』

沉默。

寂寞。

像是要化解尷尬似的，小雪換了話題，問：

『那小倆口呢?還交往嗎？』

「畢業後沒多久就分手了，小萍前一陣子結婚了，我代替小龍去參加她的婚禮，雖然妝很濃但看起來很幸福的樣子，小龍後來談過幾段感情但總沒能穩定下來，說是混不出名堂想存錢到英國念書。」

『那你呢？』

我於是告訴小雪關於瑋薇的事情，我說真是難得能夠遇見這樣一個好的女孩，我說我們過得很幸福；但我沒說第一眼看到瑋薇時的錯愕，我沒說瑋薇長得真的真的好像妳。

『難怪你會留在台北呀。』

「妳呢？回台中嗎？」

『嗯。』

小雪說她畢業後就回台中了，我則說我好久好久沒有回家了。

『所以你還沒收到明信片囉？』

「什麼明信片？」

『不過我決定來台北了。』

小雪很不自然的換了話題，我不知道為什麼，也不知道要問。

我沒忘記我們長久以來的默契，只要小雪不想說，我也就絕口不追問。

「工作嗎？」

『開店哪！我們五個人的咖啡館，還記得嗎？』

「小糖回來了？」

『你以為她去哪？』

「旅行呀！最後有次我去找她，她說要去旅行，接著就一直沒她消息了。」

小雪若有所思的沉默著，過了好久，才說：

『嗯，她回來之後先找到我，她說終於習慣一個人了，總算比較不會感覺孤單了，所以關於這點你可以放心了！』

「那小糖怎麼沒一起來？在忙嗎？」

我凝望著小雪，我察覺出她臉上不自然的神情。

「小糖怎麼了嗎？是不是生病了？」

『你怎麼……怎麼這樣問呢？很沒禮貌哦。』

「因為她身體一直就不好呀！而且妳的口氣怪怪的呀！小糖她怎麼了？」

『小糖死了。』

小雪閉上眼睛，說。

眼淚，滑落。

「怎麼會！」

妳怎麼會，死了？

『小糖回來後先找到了我，她很高興的說我們的咖啡館就要成形了，她找了店面開始裝潢……就離以前那棟房子不遠的地方……』

「小糖怎麼死的？」

『我和小糖約在附近的咖啡館見面，我們約好了要上台北找你們給你們驚喜，那天下午小糖遲到了好久，好像是被咖啡館的事情絆住了吧，我就坐在窗邊，等了好久終於看到小糖就出現在對街，我不知道她有沒有看到我……』

「……」

『我看到……看到小糖急急忙忙的想要過街，她太趕了，沒看到那台車……』

不哭。

不能哭。

『想哭就哭，好不好？』

「……」

『小糖走得很乾脆，幾乎是沒有一絲痛苦的離開。』

「……」

『我是這麼告訴自己的，這樣想才會比較好過點。』

「……」

『我之後忙著幫忙處理小糖的後事，接著是咖啡館的開張，畢竟這是小糖的心願不是嗎？』

「……」

『對不起，我現在才找到你，對不起；沒把小糖帶來……對不起。』

「我曾經……曾經有機會留小糖下來。」

『阿文……』

「小糖給我機會留她下來，可我卻放手讓她走，我以為那樣對她最好……我以為……」

『這不是你的錯。』

「小糖怎麼會……她怎麼可以……我連愛她都來不及──來不及！」

我不知道是怎麼和小雪道別的，只記得臨走前她遞給我一張名片，那地址好像就在瑋薇公寓的附近，而小雪要我別忘了去那家咖啡館看看，那家我們原本就要擁有的咖啡館。

『我留了一張桌子給小糖，除了小糖之外誰也不能坐的桌子。』

離開之後，我身體裡的某個部份也跟著喪失了，跟著妳的死一起喪失了。

不，不能說是喪失，應該說它是停留在還有妳的時空裡，一直一直的陪著妳。

關於快樂的那個部份。

我變成一個不完整的人。

我好幾天沒辦法說話，我的腦子就像一部老舊的放映機，一次又一次反覆播放著我們共同的回憶片段，任那昔日美好的回憶一遍又一遍的錐進我的心，刺痛我的骨。

妳知道嗎小糖？妳其實一直就在我的心裡呀！可妳在我的心裡，卻不在我的愛情裡

——妳還是那麼自私。

——你會把這麼自私的我留下來嗎潘裕文？

——

如果心死了，愛情會不會也跟著死去？

愛情——

瑋薇還是察覺我的不對勁了，她打了電話給我，說無論如何也要見我一面。

「好。」

我從頭到尾只說得出這個字。

聽到妳死去的消息之後，這是我開口說的第一句話。

我於是來到瑋薇的公寓，打開門我看見瑋薇無心無緒的坐在電腦前面玩著接龍，她看也不看我一眼，我不知道該不該走進去，我只好站在原地。

『你的心是不是不在了?』

瑋薇只問了這一句。

心若死了，愛情也會跟著死去吧?

「妳願意給我一段時間遺忘嗎?等我遺忘了之後，我們再重新來過好不好?」

我以為我這麼問了，但是我沒有。

我只是一直站在那裡，怔怔的凝視著我最後愛過的女人，一直一直凝視著，直到牆上的指針合而為一指向十二點，我嘆了口氣，我知道，該是結束的時候了。

我把鑰匙還給瑋薇。

我始終覺得鑰匙是一個很妙的東西，就像午夜的十二點一樣。

它既是開始也是結束。

當初我們藉著交換鑰匙確定這段愛情的開始，而如今我將鑰匙還給瑋薇，宣示這段愛情的落幕。

我沒有向瑋薇要回我的鑰匙，畢竟她是最後擁有我愛情的人，瑋薇是最後我愛上的人。

而我希望她明白這一點。

隔天我辦了離職並且退了公寓，然後打包行李，回家。

回家。

回到久違的家之後，我才終於看到那張遲來的明信片：WE ARE MARRIED。

而收信的日期正是小雪來找我的幾天前！

第一次我感覺到生氣，我簡直怒不可遏——

——所以你還沒收到明信片囉？

——什麼明信片？

——我快被小雪的這個問題煩死了，她沒事就問呀問的。

——我希望有天當我問這個問題的時候，對方會回答我，他首先想到的是我。

我找出來抄有小雪新手機的那張紙條，本來是想打電話問她究竟是誰開我玩笑！但念頭一轉，我決定訂了飛往紐約的班機，我決定按著那張明信片上的地址，我決定親自去找妳，我決定自己去找答案。

於是現在我在這裡，在幾萬英尺的高空上，感覺著亂流的晃動，聽著空中小姐安撫乘客的廣播——

我手裡緊握著那張印有妳和他的明信片，奇怪的是我一點也不感覺害怕，我反而平靜。

我閉上了眼睛，想起妳正式開口對我說的那句話：

如果給你十分鐘的時間談談關於你這個人的話，首先你會想起的是什麼？

除了妳還會有什麼呢小糖。

除了妳呀小糖！

我感覺到下墜的力量，我想起不知道是誰曾經寫過的：

失去的時候，雙手驟然放空，我們因此知道，原來曾經緊握著。

當我再張開眼睛的時候，我只疑惑：

誰把燈關了？

The End

不哭／橘子作. – 初版
– 臺北市：春天出版國際, 2008. 01
面；　公分. –（橘子作品集；3）
ISBN 978-986-6675-06-5（平裝）
857.7　　97000815
國家圖書館出版品預行編目資料

不哭

橘子作品集 3

作　　者◎橘子
企劃主編◎莊宜勳
封面設計◎聶永真

發 行 人◎蘇彥誠
出 版 者◎春天出版國際文化有限公司
地　　址◎台北市信義路四段458號3樓
電　　話◎02-7718-0898
傳　　真◎02-7718-2388
E-mail　◎frank.spring@msa.hinet.net
網　　址◎http://www.bookspring.com.tw
部 落 格◎http://blog.pixnet.net/bookspring
郵政帳號◎19705538
戶　　名◎春天出版國際文化有限公司
法律顧問◎蕭顯忠律師事務所
出版日期◎二〇〇八年二月二版一刷
出版日期◎二〇一六年四月二版73刷
定　　價◎220元

總 經 銷◎楨德圖書事業有限公司
地　　址◎新北市新店區寶興路45巷6弄6號5樓
電　　話◎02-8919-3186
傳　　真◎02-8914-5524
排　　版◎浩瀚電腦排版股份有限公司
印 刷 所◎鴻霖印刷傳媒股份有限公司

版權所有・翻印必究
本書如有缺頁破損，敬請寄回更換，謝謝。
ISBN 978-986-6675-06-5
Printed in Taiwan